LITERATURE AND LANGUAGE DIVISION
THE CHICAGO PUBLIC LIBRARY
400 SOUTH STATE STREET
CHICAGO, ILLINOIS 60605

Deux fois par semaine

Christine Orban

Deux fois par semaine

ROMAN

Albin Michel

© Éditions Albin Michel, 2005

Asseyez-vous

– Asseyez-vous, dit-il.
Tout tourne autour de moi.
J'ai vingt ans.
Cent ans, parfois.
Une vie commencée par la fin.
Je suis jeune, mais qu'est-ce que la jeunesse quand on a perdu l'insouciance ?
J'ai l'étrange sensation d'être dans une agence de voyages sans savoir où je veux aller. L'homme en face de moi, pas très commerçant, ne m'invite vers aucune destination. Juste le silence.
Un silence feutré, bienfaisant après les bruits de la rue. Rien à voir avec l'indifférence décontractée d'un marchand de vacances.
Il n'a pas l'air de quelqu'un qui va me proposer la Jamaïque en hiver ou l'Écosse en été.

Deux fois par semaine

Mais plutôt d'un homme capable de me vendre une expédition au pôle Sud, avec quatre chiens pour seuls compagnons.

J'ai les yeux rivés au plafond, vissés sur les chevrons. Une odeur particulière, une odeur d'encens, règne dans cette pièce aux poutres apparentes et au plafond bas. Le style d'une ferme en Normandie mais en plein cœur de Paris, dans un immeuble, tout de guingois.

La dernière pièce à colombages dans laquelle je suis rentrée, c'était dans une maison louée, pour en ressortir aussitôt et au bord du malaise. Plus tard, l'agent immobilier m'avait confié que le propriétaire des lieux s'était pendu dans cette chambre, une année auparavant.

Je lis sur les murs.

Rien de malveillant ne se dégage de cet endroit, mais c'est un endroit nouveau, ce qui suscite chez moi de l'inquiétude. La pièce est ouatée, molletonnée à souhait pour enfermer les secrets. Pour apaiser les chagrins, elle a quelque chose d'enveloppant.

Si je n'avais pas peur, je pourrais m'y sentir bien.

Deux fois par semaine

Parfois, des scènes insignifiantes mais décalées troublent mon esprit.

Pas plus loin qu'hier, j'imaginais une jeune femme me bousculant tandis que je montais l'escalier de la faculté du Panthéon. La jeune femme s'excusa en prétextant avoir oublié son parapluie. Aucun intérêt. Pourquoi de telles images brouillent mon esprit ? Quelques minutes après pourtant, la même scène se produisit dans la réalité, comme je l'avais imaginée le nez sur mon polycopié. J'aurais préféré voir la Vierge, rencontrer Shakespeare. Mais c'est ainsi. Seules des prémonitions sans importance devancent le cours de ma vie.

Je n'aime pas mes antennes ; il y a des choses qu'il vaudrait mieux ne pas savoir et qu'elles s'arrangent toujours pour capter. Je sais. Je suis là, pour ça, aussi :

Je capte et réceptionne mal.

– Bon...

Il a dit « bon », comme il aurait dit, si nous avions été des amis intimes : « Arrête de plaisanter, dis-moi où tu as mal. »

Deux fois par semaine

Ce n'est déjà pas facile d'énoncer où l'on a mal : estomac, foie, plus bas les reins, alors que tout ce que l'on peut dire, c'est « j'ai mal », comme lorsque l'on est enfant.

Alors les états de l'âme ! Difficile de répondre à la question : « Comment allez-vous ? » Seuls les gens polis, les menteurs ou les idiots, vont « bien ».

S'il est aisé de lire un chiffre sur un thermomètre, comment décrire ce qui n'a aucun dosage, cet impalpable, à moins de détourner les mots de leur sens initial ? Par exemple, si à cet instant précis, je devais sincèrement décrire mon état, j'avouerais : « Docteur, je suis anesthésiée du cœur. » Je rajouterais : « Et cela est insupportable. »

Mais je ne le dis pas. Je ne sais pas si une telle chose peut se dire, ni si elle est compréhensible.

Je ne dis pas que c'est la première fois que l'idée d'associer le mot « anesthésié » au mot « cœur » me vient à l'esprit. Je ne sais pas s'il va comprendre, si ce type de maladie est répertorié, s'il sait à quel point cela fait mal, plus mal que le chagrin lui-même, d'être vivante

Deux fois par semaine

dehors et morte dedans, s'il ne va pas me demander comme un professeur de français « de préciser ma pensée », et alors je me rétracterai et plus jamais il n'obtiendra un mot de moi.

Il attend sûrement que je montre mes faiblesses, mes atrophies, mes incapacités, mes phobies, mes inaptitudes, tout le bataclan qui m'empêche de vivre comme tous ceux qui, dès le matin, sourient à la vie juste en soulevant les paupières ; ceux qui sourient juste pour un rayon de lumière, juste pour l'odeur du café, juste pour un câlin. Ceux qui n'ont pas mal dans la poitrine, à peine éveillés, ceux qui ne sont pas obligés de respirer lentement par le nez pour ne pas se noyer, ceux qui n'ont pas peur de se lever, qui ne se plongent pas dans les livres pour trouver un sens à leur vie, ceux qui ne se confient pas à leur chien, à leurs journaux intimes, qui n'appellent pas leur âme sœur, qui n'avalent pas deux Xanax, qui ne méditent pas, qui ne versent pas trois tubes d'aspirine dans leur bain pour constater que

Deux fois par semaine

rien n'y fait, que la plus grande injustice de la vie réside là, dès le réveil, dès l'ouverture des rideaux.

– Hum...

Deuxième mot, premier « hum ».

Il sent, le fouineur de l'inconscient, qu'il se passe quelque chose en face de lui.

Il va à la pêche, il tend une ligne, il taquine le poisson.

Le poisson dévie le piège. Il ne mord pas.

Avant même qu'il ait refermé la porte, je sens bien que cela ne va pas être facile entre nous, qu'il va falloir batailler pour me sortir un mot... Même s'il est là pour ça, s'il est payé pour entendre les petitesses, les saloperies, des déviations, les névroses, les nécroses.

Sans le connaître, j'ai envie de l'épargner.

Aucune grandeur d'âme là-dedans, mais l'enfantin besoin d'être aimée, de poser la tête et de tout raconter.

Peut-être parce qu'il ressemble à un animal, une sorte de hibou, et que tous les animaux sont mes amis. Qu'il porte un costume gris,

Deux fois par semaine

une chemise élimée et une cravate affreuse pour faire plaisir à ses enfants qui la lui ont donnée pour Noël, enfin, j'imagine. Mais surtout parce que l'on ne peut pas ennuyer un homme qui va vous soigner.

Il a le regard de la miséricorde. Son buste est penché en arrière, son regard planqué derrière des lunettes, son attitude est aussi défensive que la mienne, il s'attend au cambouis, au brouillard, au noir.

J'ai envie de lui dire : « Tu n'auras pas ça, avec moi. Je vais t'épargner, ne t'en fais pas, redresse-toi, reviens plus en avant dans ton fauteuil et ne me regarde pas par-dessus tes lunettes... », tout en espérant qu'il saura lire en moi, déjouer les pièges, qu'il me pardonnera de traîner autant de casseroles à mon âge ; qu'il me pardonnera aussi pour la montagne de nœuds à défaire que je trimbale, pour le noir abyssal, pour l'envie de mourir qui me saute à la gorge dès le matin, qu'il saura, qu'il sera plus fort que mes mensonges, que mes ruses, que mon envie d'inexister, d'oublier, parfois.

Je ne peux pas.

Deux fois par semaine

Je n'ai pas envie d'être là pour ce qui ne va pas.
Et pourtant, rien ne va.

La contradiction entre la sincérité que nécessite cet entretien et l'idée que je me fais de la patiente idéale est trop grande. Ça ne marchera pas.
Malgré un nouveau tailleur.
Longtemps, je porterai quelque chose de neuf pour venir le voir. Avec du neuf, je ne suis pas tout à fait moi.
Ma première envie aurait été de lui conter mes minables petits dons de clairvoyance, de l'épater avec ce qui n'est peut-être que des coïncidences.
J'ai peur de dire ce qui ne va pas.
Dans ma tête, comme un leitmotiv : « Je ne veux pas l'ennuyer. »
Si je l'ennuie, il ne m'aimera pas.
Et s'il ne m'aime pas, il ne me guérira pas.
En ritournelle, sans cesse, voilà ce que je me dis et me redis.

Deux fois par semaine

Le parquet est recouvert d'un tapis usé, un tissage venu droit des souks de Marrakech, le genre de souvenirs intransportables, comme les coquillages qui, à peine sortis de l'eau, perdent leur couleur.

Je suppose qu'il a dû aller en vacances au Maroc. Mais, je ne sais pas pourquoi, cela me gêne de spéculer sur sa vie privée.

Je voudrais ce docteur désincarné. Sans faiblesse et sans intimité. Pourquoi n'aurait-il pas droit à une femme et des enfants comme le docteur Pichon qui passait son stéthoscope glacé sur mon dos de petite fille ? Comme si un être humain normal ne suffisait pas.

Peut-être.

Le psychiatre referme enfin une porte épaisse en cuir vert foncé, matelassée pour protéger le secret de ce lieu. Je suis enfermée avec un homme que je ne connais pas. « Asseyez-vous », répète-t-il. Je ne lui obéis pas, je ne m'assois pas.

Je regarde autour de moi, affolée et déses-

Deux fois par semaine

pérée, sûre que tout cela ne sert à rien, que j'aurai essayé, mais que je ne suis pas capable d'aller plus loin qu'un coup de fil à sa secrétaire et un premier rendez-vous. Il ne sait pas que j'ai tourné une heure autour de son immeuble avant de me décider à me garer, de me décider à monter, que ma vie est déjà assez difficile, que je ne vois pas pourquoi je m'imposerais une épreuve de plus.

Il vaut mieux repartir.

La pièce est étroite comme un couloir : une fenêtre, deux portes. Par laquelle suis-je entrée ? Si je ne craignais pas de déboucher dans un placard en ouvrant la mauvaise porte, je me serais sauvée.

Pourquoi ai-je atterri ici ? Elle a surestimé mes capacités. Pourquoi m'a-t-elle envoyée ici ? De quoi se mêlait-elle ? « Vous ne vous en sortirez pas toute seule, il vous faut de l'aide. » J'étais dans un tunnel quand elle m'a dit ça. Un tunnel différent de celui du bureau de H.T.R., puisqu'il n'y avait rien, que du noir, du noir derrière, du noir devant, et moi j'étais au milieu. Elle a dit : « Je n'envoie pas systématiquement chez le psy, mais vous devriez

Deux fois par semaine

parler à cet homme. » Elle a pris une ordonnance, inscrit un nom et une adresse dessus, puis elle a dit : « Je l'appellerai avant. »

Pour protester, j'ai dû répondre : « Mais je ne suis pas folle. – Non, mais la vie l'est parfois, vous aurez besoin d'aide pour lui résister. »

Elle connaissait ma vie, elle.

Je n'aime pas consulter des médecins. Depuis que j'habite Paris, je me suis toujours soignée toute seule, avec de la pommade Wicks que je frictionne sur ma poitrine quand je tousse, des infusions, de l'aspirine et l'aide de ma pharmacienne dans le pire des cas. Le médecin qui m'a conseillé de « consulter », comme ils disent, était une gynécologue. J'avais vingt ans et elle voulait me guérir d'une aménorrhée dont je ne me plaignais guère. Je ne voulais pas grandir, je ne voulais pas devenir une mère. Avant de me marier, j'aurais pu sortir en boîte de nuit, changer de partenaire comme de chemise. J'ai oublié d'être jeune. Le mariage offrait à mes yeux une forme de renoncement qui me convenait.

Elle avait dit des choses étranges, qui longtemps m'ont perturbée, comme si elle me ren-

Deux fois par semaine

dait responsable de ce dont je souffrais : « Je ne peux pas vous soigner si vous ne voulez pas guérir... » Ma capacité de résistance à devenir une femme était donc si forte ? « Oui, il en va souvent ainsi de ce genre de carence », puis elle avait cité le nom de quelques femmes écrivains, dont Virginia Woolf, qui souffraient du même mal.

Elle avait dit ça : « C'est la maladie des femmes intelligentes... » Elle avait voulu être aimable, parce que, à part une licence de droit, je ne m'étais distinguée d'aucune façon pour mériter un tel compliment. « Je pourrais vous prescrire un traitement, mais je suis sûre que le problème n'est pas là... » D'ailleurs, mon corps n'avait pas cédé aux comprimés de Duphaston qu'elle m'avait prescrits dès notre première entrevue : « Cela pourra débloquer l'aménorrhée », avait-elle dit en m'inscrivant sur une ordonnance les coordonnées de H.T.R.

Voilà comment j'avais atterri chez lui.

Il a poussé la porte, puis il a appuyé deux fois sur le capiton pour s'assurer de la fermeture.

Deux fois par semaine

Je cherche des yeux la sortie, je voudrais m'enfuir, mais je suis paralysée, je n'ose pas, je n'ose rien.

Je ferme les yeux ; j'essaie de respirer par le nez, d'expirer par la bouche, de retrouver mon calme ou, c'est sûr, je ne pourrai aligner un mot.

Comment peut-on soigner avec des mots ?

Une multitude de statuettes précolombiennes sont posées devant les ouvrages de psychanalyse qui remplissent les bibliothèques de cette pièce. De là où je suis, je peux lire sur la couverture de certains livres : *L'Hystérie*, *Traumatisme psychique*, *Psychologie de l'inconscient*, *Dialectique du moi*, *L'Homme à la découverte de son âme – un mythe moderne*, *Psychoanalysis and Neurosis*, *Symbolik des Geistes*, *Névroses de guerre*, *Métapsychologie*, *Le Moi et le Ça* ; des titres en allemand, des titres en anglais, il lit plusieurs langues ? En attendant, il se mouche. Je le regarde, ébahie, comme si je découvrais qu'un psy peut se moucher. Après avoir soufflé dans son mouchoir en tissu blanc, il le plie et le range dans sa poche.

Deux fois par semaine

Près de la fenêtre, il y a un canapé des années trente, le matelas très fin est recouvert d'un tissu vert kaki et, derrière, le lit aussi étroit qu'un pliant de garnison, un drôle de fauteuil tournant en cuir usé. Un bateau-mouche passe, un haut-parleur annonce que l'on est quai aux Fleurs, j'entends le bruit de l'eau et le joyeux brouhaha des touristes à bord de l'embarcation. C'est l'extérieur. L'extérieur, je le connais mais je reste sur le quai.

C'est l'autre côté de la vitre, de la rive, de la vie. Ce sont les autres, remuant, palabrant.

Moi, je suis ici parce que l'extérieur est toujours extérieur, qu'il y a comme une vitre entre la vie et moi. Comment dire tout ça ?

A l'intérieur règne un silence inquiétant.

L'homme me regarde, mais ne me parle pas.

Il est de petite taille, observe par-dessus ses lunettes, un regard plein d'humanité mais avec une certaine autorité. Il a des poches sous les yeux et l'âge d'être mon père, plus que ça même.

Deux fois par semaine

Après m'avoir autorisé un repérage des lieux, il répète de façon ferme :
— Asseyez-vous.

Cette fois, je m'assois, je pose mon sac à mes pieds, je garde mon imperméable, malgré la chaleur qui règne dans la pièce.

Face à lui, mon cœur bat tellement que je pense ne jamais parvenir à sortir un seul mot. Je suis essoufflée, mes mains tremblent, pas seulement mes mains, mon corps entier est secoué de frissons, j'ai envie de m'enfuir en courant. Pourquoi suis-je venue ?

Il dit :
— Le docteur S.B. vous envoie...

Puis, il se tait. La suite m'appartient ; je pourrais l'éclairer sur mes symptômes, sur ce que je vis qui est trop lourd pour moi, qui n'est pas de mon âge.

Je pourrais.

Je reste muette.

Un bout de bois obstrue ma gorge, il est probable que, de ma vie entière, je ne reparle plus.

S.B. m'avait dit que H.T.R. était un des meilleurs psychiatres de Paris, mais aussi un homme

Deux fois par semaine

exceptionnel. Je crois qu'elle avait employé les mots « bon père de famille » au sens juridique, comme on me l'avait appris à la faculté, c'est-à-dire quelqu'un d'honnête ; mais je n'aime pas me souvenir de cette expression, elle me gêne maintenant que je suis en face de lui.

Il me regarde me débattre avec moi-même : si je suis là, c'est que j'ai des choses douloureuses à confier. Petite avancée du menton et quelques « hum », pour me déclencher. Les premiers « hum » de ma vie. J'en entendrai d'autres, j'apprendrai à décrypter les nuances entre le « hum » prolongé, main tendue pour m'aider à sortir les mots, et le « hum » bref, énervé, genre ça suffit, on y va, il faut y aller, qui claque comme un coup de fouet sur les fesses d'un cheval.

J'ai compris ce qu'il attend de moi, mais je reste coincée. J'ai envie de pleurer, je pleure. Il me tend une boîte de kleenex, il a l'habitude, il ne s'affole pas pour quelques larmes, d'autres ont dû couler dans ce cabinet ; mais il me sourit avec bienveillance. Je dois dire. Je suis là pour ça. Je paie pour dire.

Il me presse avec ses « hum », ses « hum »

Deux fois par semaine

tourbillonnent déjà dans mes oreilles comme un essaim de guêpes ; il me presse avec son regard, avec son menton qui avance.

Je dois faire l'effort qu'il me demande, je dois lui répondre, j'ai l'impression qu'il me tient à bout de bras, qu'il me porte, qu'il m'oblige. Je le regarde, l'air perdu : c'est difficile. Il approuve toujours avec son menton, sans un son. Il sait et cela me rassure.

La chaleur me monte au visage. J'enlève mon imperméable.

Je ferme les yeux et malgré l'effort, malgré la multitude de barrières qu'il faut dépasser, la partie de soi qu'il faut trahir et mépriser, je dis, parce que je suis venue jusque-là, je suis venue pour ça, je dis, parce que j'ai l'habitude de l'effort, du bonheur bafoué, alors une fois de plus, une fois qui peut servir, les poings serrés, je dis :

– Je ne ressens plus rien.

Un long silence pendant lequel il ne cesse de me soutenir du regard.

Moi, je me demande s'il sait ce que cela signifie, d'avoir perdu le contact avec soi, les autres et la réalité, d'être anesthésié du cœur,

Deux fois par semaine

des sentiments, des sensations, d'être une vivante dont l'esprit a quitté le corps. Suis-je seule au monde à endurer cette infirmité ?

Alors je me lance, comme on se jette dans le vide, la même trouille au ventre :

— Vous croyez que je suis là, mais je ne suis pas vraiment là. Je suis partie de moi. Cela s'est passé un matin, la douleur était trop grande et je ne suis pas revenue à l'intérieur de moi. La douleur est encore plus grande ainsi, mais je ne contrôle pas ces choses-là. Le piège s'est refermé. Une vitre me sépare des autres. Je ne ressens plus rien, je suis devenue aveugle du cœur.

Je m'écroule.

Il écoute.

J'ai honte.

Il m'adresse un petit geste, je ne sais plus trop lequel, mais un geste rassurant et encourageant.

Je le regarde, à nouveau, perdue.

Il me sourit, comme s'il avait compris que j'avais peur qu'il ne comprenne pas.

Je ferme les yeux quelques secondes, une façon de lui signifier qu'il ne pourra pas avoir un mot de plus, que je suis au bout du rouleau.

Deux fois par semaine

Il acquiesce.

On se comprend.

Mais rien ne peut m'enlever le sentiment de honte, surtout pas sa compréhension. Honte de m'être dénudée, honte de ne pas être normale, de tromper le monde avec mon apparence d'étudiante sage. Honte de parler de soi, de se plaindre. Honte de devoir parler de lui, de nous, de ce qui ne sera plus.

Le bateau-mouche repasse. Le 40, quai aux Fleurs ne doit pas être loin de l'endroit où l'embarcation tourne pour revenir vers Notre-Dame, l'île de la Cité, le Louvre, etc. J'entends les rires sur le bateau ; je me frotte les yeux, je ne peux pas dire que je ne connais pas le rire, l'insouciance de rire pour rien, juste pour dire qu'on est bien, c'est impossible. Je ne peux dire rien de plus.

H.T.R. attend.

Il a l'air sérieux. Il n'a pas l'air de se moquer de moi, ni de ce que je viens de confesser. Il me regarde comme s'il comprenait, comme si les symptômes que je viens de décrire existaient dans ses livres, comme si je n'étais pas seule au monde à endurer cette malédiction.

Deux fois par semaine

J'attends. A mon tour, je le regarde, pleine d'espoir.

Alors ? Qu'est-ce qu'il en dit de tout ça ? Possède-t-il la formule magique pour que je revienne en moi ? Pour que je ne sois plus aveugle du cœur, comme avant, avant que la vie ne s'effondre ?

H.T.R. sort son mouchoir, juste pour le passer sous son nez cette fois, et le remet dans sa poche. Après m'avoir jaugée, il attrape un stylo, tire une ordonnance d'un cartonnier, se penche pour écrire et avant que son stylo ne touche la feuille pour me biffer définitivement de sa vie, il relève la plume et, la plume suspendue en l'air, me déclare :

– Je ne prends plus personne en analyse, je vais vous adresser à un de mes confrères...

Il a dit ça de façon désincarnée, rien à foutre de vous, comme un employé de l'administration.

Rien à faire de vous.

Je suis glacée, j'ai raté l'examen le plus important de ma vie.

Je me suis pourtant donné du mal pour le

réussir. Quelle erreur ai-je commise pour qu'il me rejette ainsi ?

C'est donc celle que je suis vraiment qu'il a rejetée.

Il n'a été réceptif ni à mon histoire, enfin à ce que j'ai bien voulu lui dévoiler, ni à mes symptômes, ni à mon nouveau tailleur, ni à mes larmes, ni à moi tout entier. Il s'en balance. L'audition est ratée, je n'ai été ni convaincante, ni émouvante.

Zéro pointé.

Pire, j'ai l'impression de m'être déshabillée devant un homme qui m'a laissée faire, finalement ne veut pas de moi et me refile à un copain.

Cette impression m'envahit, me persuade, je suis encore plus meurtrie qu'en arrivant, même si cette fois je suis un peu plus vivante puisque je ressens la blessure.

Longtemps, la sensation de la vie ne me reviendra que par le mauvais.

Comme si je ne m'autorisais pas le bon.

Alors je relève la tête et, avec le peu de forces qu'il me reste, je lui murmure :

— Ce que je vous ai dit, je ne pourrai plus

le dire à personne d'autre. Cela a été trop difficile. Je n'oserai plus jamais.

Je me souviens d'avoir prononcé ces mots très lentement et très sérieusement.

Si c'était un jeu, il avait gagné, je voulais rester ; mais il suffisait que je cède pour qu'il se rétracte, comme dans la vie, comme avec les hommes, on n'en sortira donc jamais de cette guerre entre les hommes et les femmes ? Dans les cabinets des psychiatres aussi c'était la même histoire ?

Je n'avais pas l'air de mentir. Non, pour la première fois depuis longtemps, je disais ce que je ressentais.

Un long silence pendant lequel il me regarde m'essuyer les yeux.

J'ai pleuré comme si j'avais encore quelque chose à perdre. Moi qui espérais chaque matin ne plus avoir à ouvrir les yeux sur ce monde, sans rien faire pour le quitter.

Je hausse les épaules, je ne suis pas à une déception près. Tout ce que j'aime me quitte.

Ma vie est faite de glissements, de manque-

Deux fois par semaine

ments, de déchirures, de pertes. Une fois de plus, cela m'apprendra à m'attacher trop vite. Je ne m'attacherai plus. Plus jamais.

Cela je le sais.

Soudain, alors que j'ai la tête baissée, que je suis tout occupée à déchirer mon mouchoir en papier, je l'entends dire :

— Nous nous verrons deux fois par semaine.

Puis il dit encore :

— Le lundi à quatorze heures trente et le jeudi à dix-huit heures.

Doucement, j'ai relevé la tête. Cela signifiait qu'il m'acceptait ?

Il n'a pas tenu compte de mon étonnement, il a poursuivi :

— Les séances durent trois quarts d'heure et coûtent cinq cents francs, que vous veniez ou pas. Ce temps vous appartient.

Puis :

— Vous devrez payer en liquide et avec votre propre argent.

Qu'est-ce que cela pouvait bien lui faire ? Et en quoi cela le regardait avec quel argent je payais ?

Je lui ai dit « merci », sans savoir où j'allais,

Deux fois par semaine

sans savoir à quoi correspondaient ces séances, ni à quoi exactement je m'engageais, deux fois par semaine. Mais, avec un léger réconfort, celui d'avoir suscité une attention, d'avoir été reconnue comme quelqu'un qui méritait un traitement. Lequel ? Je ne le savais pas. Il a souri, comme on sourit à une personne avec qui l'on va faire un bout de chemin.

Il m'a regardée me débattre avec mon imperméable sans m'aider. Imperturbable.

Avait-il refusé afin de m'entendre lui manifester mon désir de faire une analyse ?

M'avait-il acceptée par grandeur d'âme ?

A moins qu'il ne m'ait trouvée sympathique, émouvante ?

Il a dit :

— Je ne vous juge pas.

Sûrement une recommandation pour le futur. Pour m'encourager à me livrer.

J'ai sorti de mon sac un billet de cinq cents francs, puisque c'était le tarif, je le lui ai tendu, il l'a pris subrepticement et l'a rangé dans sa poche comme il avait rangé son mouchoir, quelques minutes auparavant.

Sans attendre :

— Au revoir, madame.

Mon temps avait sonné. Trois quarts d'heure, pas une minute de plus.

L'humanité a ses limites. Tout a des limites.

L'esquisse d'un sourire. Lui, pas moi. Moi, je suis paralysée. Mal dans mon corps, je sais à peine marcher.

Un bâtonnet d'encens planté près d'une tête de bouddha en stuc ne suffit pas à couvrir l'odeur de cuisine. Il doit vivre ici, à l'étage au-dessus : derrière une porte mal fermée, j'aperçois les premières marches d'un escalier qui monte. Qui monte où ?

Souvent je demeurais en bas après la séance à regarder la verrière allumée, à me demander si elle abritait un atelier, dans ce cas, sa femme serait une artiste, à moins que cela soit tout simplement leur chambre à coucher...

Après avoir pris soin d'allumer la lumière du palier et m'avoir mise en garde contre la dan-

Deux fois par semaine

gerosité de l'escalier qui conduisait jusqu'à l'ascenseur, il a refermé la porte de chez lui et m'a abandonnée.

Je ne savais rien de la psychanalyse, je venais d'un milieu où l'on dit aux déprimés : « Secoue-toi », où l'on ne connaît pas cette maladie, où l'on ne reconnaît ni la douleur ni l'apitoiement.

J'ai vingt ans, j'étais arrivée à Paris moins de trois ans auparavant pour étudier, quittant mon lycée, le soleil, les plages où je galopais sur le sable mouillé.

Mes souvenirs, mes références sont là-bas. Ici je n'ai pas de famille, pas encore d'amis ; juste un mari. Nous avions vingt ans et nous étions deux pour affronter le monde.

J'ai parlé à cet homme comme s'il était un ami, le seul que je possède dans cette ville.

J'ai été un peu fière qu'il accepte. Peut-être parce qu'il avait commencé par refuser.

Puis, j'ai été un peu triste qu'il me fasse payer.

Je ne savais pas encore que c'était justement pour me montrer qu'il n'était pas mon ami, qu'il était autre chose, peut-être plus.

Trois quarts d'heure

Je viens d'acheter une parcelle de temps à un homme.

Disons plutôt que je viens de louer, louer deux fois par semaine, les trois quarts d'une heure à un propriétaire de temps, docteur en psychiatrie.

Souvent la mode, les soins esthétiques, les voyages d'agrément incitent les femmes à dépenser leur argent. Moi, je loue un espace de temps pour le remplir de mots. Une sorte d'auditorium dont le spectateur unique serait une oreille, une écoute professionnelle, donc moins concernée, moins sensible, mais exigeante, critique, compatissante, j'espère.

Aucun contrat n'avait été signé, juste un accord verbal et pourtant à peine mon espace de temps délimité, je me sentais engagée.

Deux fois par semaine

Dans ce drôle de théâtre, j'étais dialoguiste, metteur en scène et actrice, quoique d'une manière particulière, puisque je payais pour être écoutée. J'étais difficile à définir et à cerner pour le spectateur, parce que la maladie se loge aussi dans les mots chargés de la dissimuler au lieu de la désigner.

Le premier ennemi à combattre est à l'intérieur de soi. Souvent, c'est le seul.

Un jour, le bailleur d'air me le dira. Mais bien plus tard.

Parce que le bailleur loue parfois le temps avec les mots. C'est alors un meublé, mais c'est le même prix, avec ou sans les meubles.

Il faisait beau ce jour-là, nous étions en septembre, un début d'après-midi.

Rien de pire que d'aller mal quand le soleil brille. Tenue d'hiver. Le soleil brille et en foncé je ressemble à une tache.

La nature et moi sommes en désaccord.

Je suis en désaccord avec la nature. Je détonne parmi les passants avec mes couleurs sombres. J'ai mal, pas seulement pour la différence là, maintenant, mais pour la différence tout le temps. La différence dedans. Je ressemble à une

Deux fois par semaine

fausse note, à celles que mon professeur de piano appelait « un canard », quand tout à coup, un doigt dérapait et qu'un son discordant s'ensuivait, abîmant la mélodie.

J'ai envie de remonter pour lui raconter l'impression d'être une tache et l'histoire de la fausse note. Je me dis que, si j'avais commencé ainsi mon entretien, il m'aurait prise du premier coup ; sans que je l'implore, ni le menace. Dans la vie, il faut avoir un bagage bien rempli pour être accepté. Elle ne devrait pas être ce saut d'obstacles, ce concours hippique. J'aurais dû exhiber ma névrose pour être crédible.

Dans la vie ne sont acceptés que les mieux dotés.

Et dans le registre de la discordance, j'ai du répondant.

J'aimerais lui demander si certaines formes de névroses sont contagieuses. A moins qu'il ne soit assez indifférent, assez blindé pour que glissent sur lui tous les malheurs du monde.

Mais il ne me répondra pas. « Ils » ne répondent pas, les psys. Autant interviewer une porte. Dans le meilleur des cas, je peux espérer devenir sa « folle préférée » et qu'il devienne le

Deux fois par semaine

père magique, un sorcier, celui qui voit à travers moi. Forcément. Devenir, de tous ses malades, celui qui « le préoccupe le plus ». Plus que lui-même.

Il doit en être ainsi de tous les psychiatres. Quelle névrose la psychanalyse l'avait-elle aidé à résoudre ? Quelle revanche cherchait-il ? S'il était comme Freud un juif de Moravie, moi j'étais, comme Marie Bonaparte, une étrangère. A la différence de Marie, je n'étais pas venue pour lui, mais j'espérais trouver la force de tenir grâce à lui. En deux ans tout était allé si vite.

A peine avais-je quitté ma drôle de ville où dans les rues les ânes côtoient les voitures, quitté l'odeur des écuries, ma chambre de petite fille, qu'il fallait apprendre à lire un plan de métro, à affronter le froid, à travailler dans un cabinet d'avocats le jour, à la fac le soir, à remplir un frigidaire, mais tout cela n'était rien en face des peines, en face de ce qui nous est arrivé.

Une autre dingue était montée. La parcelle de temps après moi était déjà louée. J'ai entendu les pas de la locataire. Juste les pas, je

Deux fois par semaine

ne l'ai pas vue. Elle portait des talons fins qui résonnaient sur le dallage. Moi, j'étais debout derrière le dos en tweed du psy. Il a attendu quelques secondes, la main posée sur le loquet de la porte, que cesse de résonner le bruit des talons aiguilles. Puis, il a ouvert et m'a autorisée à passer. La femme et moi ne devions pas nous rencontrer.

Je devais partir pour éviter ma colocataire, puisqu'elle et moi occupons les mêmes lieux, respirons le même air, la même odeur d'encens, partageons la même oreille. Il est même probable que son bail est plus ancien que le mien. Pas un signe d'hésitation dans la façon dont elle a franchi la porte de la salle d'attente.

Rien à voir avec mes pas à moi. Une fois encore je suis « la nouvelle ». Partout à Paris, je suis nouvelle.

L'eau me cerne, chaque fois que je viendrai dans cet endroit, je verrai l'eau, je m'accouderai à la balustrade avec l'envie de sauter. Mais je sais nager, nager dans l'eau. Pas dans la vie.

Je me noie bien plus en restant sur le pont.

Allongez-vous

Je suis revenue le lundi suivant. Et, comme j'étais en avance, j'ai marché le long du quai, le cœur serré, avant de me décider à monter. J'avais peur. Peut-être à cause de moi. Lui était normal, un peu froid, un peu distant, mais normal ; juste un inconnu, avec la part de mystère que chaque être renferme.

A peine entrée dans son cabinet, je me suis dirigée vers le fauteuil de l'autre côté de son bureau,

Mais, il a tourné la tête de la droite vers la gauche en signe de négation et le doigt pointé vers le lit m'a dit :

– Allongez-vous.

J'ai regardé le lit de garnison où il voulait que je m'étende, effrayée, et comme je n'avais pas l'air décidé, il s'est senti obligé de m'expliquer :

Deux fois par semaine

— Le travail sera plus efficace allongé, cela s'appelle une analyse.

Il attendait que je m'étende. Je n'avais pas d'autre choix que de lui obéir. Le lit était plus bas qu'un lit normal, alors j'ai lentement plié mes genoux pour ne pas me laisser tomber sur le matelas recouvert d'un tissu qui pouvait venir de je ne sais quelle contrée d'Ouzbékistan.

Et quand j'ai été assise, je suis restée ainsi un instant, dans l'espoir que cela suffirait.

Mais une fois encore, la tête du psy a bougé en signe de négation.

Cela ne suffisait pas. Il fallait m'étendre devant cet inconnu qui en principe me voulait du bien.

La peur dévaste. Elle souffle comme un ouragan et me laisse nue. Il ne reste rien en moi que la peur.

Les mots me viennent en bas de chez lui, ils ne montent pas, les mots.

Ici, je suis raide comme une morte, les bras le long du corps, les jambes droites, la tête vide

Deux fois par semaine

posée sur un coussin plat, couvert d'un kleenex blanc.

Il passe devant moi, puis derrière, j'entends les crissements de son fauteuil en cuir quand il s'assoit, je devine ses genoux qui effleurent mes cheveux et son visage qui, penché au-dessus du mien, m'observe.

Je suis une souris. Une souris de laboratoire. Je me soulève un peu, tourne mes épaules, mon visage et je le vois. Je le vois derrière moi ; c'est étrange un homme assis derrière soi. Pour se parler, on s'installe côte à côte ou face à face, je ne connaissais pas cette manière de converser.

J'ai à peine le temps de l'apercevoir, à contre-jour, que je distingue un geste, un geste de la main qu'il m'adresse : une sorte de demi-cercle, le doigt pointé pour me signifier que cela se passe devant, pas derrière.

Derrière, c'est interdit.

Comme à l'école, lorsque je fus envoyée au piquet et, parce que je m'ennuyais, le nez collé contre le tableau à respirer l'odeur de la craie, j'avais tenté de me retourner.

Interdit. La maîtresse, d'un geste presque

Deux fois par semaine

identique à celui du psy, me signifia que cela n'était pas possible, que je devais rester face au mur, j'étais punie.

Cette fois, je n'ai pas bavardé avec mes camarades, ni même menti à mon psy comme cela aurait pu être le cas, je suis punie pour rien. En observation.

Alors, je tente autre chose ; j'incline la tête en arrière sans me redresser sur les coudes, juste la tête. Cette fois, c'est un claquement de langue qui retentit, façon « non, non » ! Je n'ai le droit de bouger, ni la tête ni le buste : juste les yeux.

Je suis surveillée. Cernée. Prisonnière. Larguée dans un espace de silence.

Le vertige me prend et paralyse tous mes membres. J'ai l'impression d'être en équilibre, de chaque côté un précipice me guette.

Le vide à gauche, le vide à droite. Je suis toute préoccupée à ne pas tomber, soumise à de nouvelles tortures.

Il se racle la gorge, son nez est au-dessus du mien.

Une façon de m'inviter à parler, sûrement. C'est le roi du langage parallèle.

Deux fois par semaine

Il en connaît le vocabulaire.

Il sait émettre des sons bizarres, mais pas un seul qui soit civilisé, pas une seule phrase tournée en français, rien qu'un regard qui pèse sur mon crâne et me donne mal à la tête. Je suis concentrée sur sa respiration.

Une respiration paisible d'homme tranquille et en bonne santé, aucune trace de stress, ni de bronchite, non, les poumons ne sont pas pris, j'ai vu un cendrier sur son bureau, mais cela ne doit pas être pour lui.

J'écoute. J'essaie d'être en harmonie avec son souffle. J'attends, j'inspire avec lui, il expire avant moi, il est plus rapide que moi. Comme mon cheval, quand au trot je perdais la cadence.

A côté de son fauteuil, il y a un téléphone aussi sur une table de chevet. Mais il ne téléphone pas, les trois quarts d'heure sont à moi. Il m'a dit peu de choses, mais ça, il me l'a dit.

Une bibliothèque recouvre le mur sur toute sa longueur. Est-ce qu'il lit derrière mon dos ? Qu'est-ce qu'il fait ? Il rêvasse ? Il écrit ? Je l'ai entendu griffonner, probablement a-t-il ouvert

Deux fois par semaine

un dossier à mes nom et prénom. Moi, je n'ai rien dit pour remplir le cahier, pas un mot à décortiquer, rien, nada.

Il est assis, légèrement penché en avant, les jambes écartées, les mains croisées se balançant entre ses genoux, il attend. Il y a du pêcheur à la ligne chez les psychanalystes. Les bons sont les plus patients, à moins que les meilleurs ne soient ceux qui interviennent. A priori, il n'est pas de ces derniers.

Il va s'ennuyer.

Qu'est-ce qu'il veut ?

Il veut que je parle seule, que je raconte ma vie à un mur, que je me confesse au vide, que je sympathise avec un homme assis derrière mon dos.

La situation me paraît soudain si absurde qu'en me projetant en avant, le buste plié, je commence à hoqueter. Quelque chose de fort me serre et me soulève la poitrine et je lutte pour empêcher la chose à l'intérieur de moi d'exploser. Je ne sais pas trop ce qui se passe, je sais juste que je ne vais pas pouvoir me

Deux fois par semaine

retenir plus longtemps, je vais éclater, me fendre la pêche, me marrer, me gondoler, oui, je vais m'esclaffer, rire, glousser comme une oie.

Le rire arrive par vagues. J'ai l'impression d'assister à la montée d'un ouragan que rien ne peut ralentir. Le rire arrive, le rire éclate, je suis pulvérisée, éclaboussée sous le déferlement, le rire se répand partout, il m'envahit, il m'inonde, me déborde, je ne peux plus lui résister, je suis emportée, je cède comme un barrage, je suis arrachée malgré l'image du type sérieux assis derrière moi à laquelle je tente de me raccrocher comme à une bouée de sauvetage.

Je ris comme une gourde, je ris et le rire fuse de partout, je hoquette égarée sur le canapé d'un psychanalyste, les lèvres étirées jusqu'aux oreilles, je ris tellement que je suis obligée d'appuyer sur mes côtes pour ne pas m'étouffer, je ris comme une damnée, comme une perdue, comme une folle. Je m'étouffe, je suis en larmes, je tousse, je suffoque, mon rimmel coule sur mes joues, les yeux me piquent. Alors, j'arrache le mouchoir en papier posé sur mon coussin et je m'essuie, les joues, les yeux, la

Deux fois par semaine

bouche, je me mouche, tout coule, tout bave, je suis pliée en deux sur le lit de garnison, secouée par des spasmes, je ris, je pleure, je suis exsangue.

Il ne bouge pas, il assiste à la scène, stupéfait. Entre deux sanglots, je réussis à marmonner : « Je suis désolée... », et le rire repart de plus belle.

Il ne répond pas, il m'observe, imperturbable, il doit penser : « Tiens, la souris est nerveuse, à moins qu'elle soit anxieuse. Que signifie ce rire, quel malaise expire-t-elle en riant ainsi ? » A moins qu'il se demande s'il y aura du rôti ou de la quiche pour dîner ce soir, qui sa femme aura invité, si les enfants seront là, si, entre deux dingues, il aura le temps de boire un petit café, de passer un coup de fil...

Forcément il doit à certains moments de la journée penser à des choses comme ça.

Je me retourne pour voir si son visage trahit ses pensées, si je l'ai secoué ; je dis « pouce ». Cette fois, j'ai le droit de me retourner, il vient de se produire un accident hors analyse, cela ne compte pas.

Deux fois par semaine

Pas pour lui. Pour lui tout compte et le temps qui passe aussi.

« Pardon... ! » Je colle ma main contre ma bouche comme une petite fille qui a fait une bêtise.

Rien n'y fait, ni la petite fille ni la faute, monsieur n'est pas né de la dernière pluie. Monsieur n'est pas manipulable et ce n'est pas moi, du haut de mes vingt ans, qui vais assouplir la règle. Que je pleure ou que je me marre, il s'en balance.

Monsieur dessine dans l'air, exactement le même demi-cercle que la première fois.

Encore un demi-cercle dans l'atmosphère. Mais cette fois, il perfectionne son trait, il continue jusqu'au bout et j'ai droit à une merveille de petit cercle bien rond.

Merci.

Merci beaucoup, c'est très gentil de me dessiner des petits cercles.

Bon, j'ai compris. Je retourne sur mon radeau, lui sur le sien ; chacun chez soi. Pas moyen de « sympathiser », de bavarder, face à face, normalement quoi, d'ailleurs ici rien n'est normal.

Deux fois par semaine

J'entends : « Hum, hum... », du genre « allez, expliquez ce fou rire, toute seule, comme une grande... ».

Comme je l'ai compris, je lui réponds en haussant les épaules et sans le voir :
— Je ne sais pas pourquoi...
La voix dit :
— Vous savez...
Moi :
— Non.
Silence.

Silence encore ; je regarde ma montre, je ne sais pas trop évaluer le silence, je pense que tous les temps ne se valent pas, que le temps sans paroles est plus long que le temps avec paroles.

Je fais « hum », mais il ne répond pas à ce langage qui est le sien, sa prérogative. Alors je dis :
— Je ne peux pas parler face à un mur...

Rien, il s'en fout. La règle, c'est la règle, pas de dérogation. Comme dans l'administration.

Je reviens au sujet qui l'intéresse et je répète :
— Je ne sais pas pourquoi j'ai ri.

Deux fois par semaine

J'espère que lui sait. Après tout, je paie pour ça.

Mais il se lève : les trois quarts d'heure sont écoulés. Je le regarde qui passe sans me voir, alors que je suis toujours couchée. Me voilà aux ordres, j'aurais dû réagir plus vite au geste du maître signalant que la séance était terminée.

Je tire sur ma robe, redresse le buste, passe mes doigts dans mes cheveux, un désastre, lui est déjà près de la porte, la main sur la poignée, il me regarde.

Je souffre du dos, je paie mes années d'équitation. Une banale histoire de disque abîmé qui m'empêche de bouger comme je le voudrais.

J'ai l'impression d'être une tortue retournée, la dureté du lit n'arrange rien, ni l'impatience du psy. Le dos me tiraille, je pose avec difficulté un pied au sol puis un autre, je m'extirpe de ce lit trop bas, pose mon sac sur son bureau, fouille entre mes carnets, mes stylos, à la recherche du porte-monnaie en forme de cœur rouge, et j'en sors un billet de cinq cents francs qu'il attrape aussitôt et qu'il glisse au fond de

Deux fois par semaine

sa poche, un geste similaire à celui de ma tirelire qui mangeait les pièces de monnaie.

Il mange les billets.

Il ouvre la porte.

Un robot.

Je ne dis rien, pas même « au revoir », je fais attention, ici, tout est comptabilisé.

Mais lui me tend la main et, en me regardant droit dans les yeux, me dit :

– A jeudi...

L'auberge espagnole

Le jeudi, c'est mieux que le lundi parce que le jeudi, le rendez-vous est à six heures et à six heures, il fait déjà nuit.

La nuit se prête mieux à la confidence. La lumière et les bruits de la ville sont tamisés, la journée a tiré son rideau, le malheur se voit moins.

Une sorte de rituel, quelque chose d'immuable fixe tous ses mouvements, sa façon de s'effacer pour me laisser passer, d'indiquer le divan, de se diriger, le regard lointain, vers son fauteuil tandis que je m'allonge et qu'il s'assoit juste derrière moi dans la pénombre.

L'extérieur existe moins avec la nuit qui tombe, moins de dehors, moins des autres, moins de bateaux sur la Seine, plus de moi, forcément. L'idée n'en est pas plus rassurante.

Deux fois par semaine

Comme de savoir que j'ai une part de responsabilité dans la réussite du traitement. Je ne me fais pas confiance. Je préférerais avoir affaire à un chirurgien qui ouvrirait ma cage thoracique, en extirperait le mauvais et refermerait. Sans avoir besoin de mon aide. Je n'ai rien à mettre au monde. J'ai juste à jeter : ouverture, extraction, fermeture. Mais cela ne se passe pas ainsi. Ici, le chirurgien, c'est moi. Et je me suis bien gardée de sortir hors de moi « tout ce qui s'y pétrifie », j'ai tout maintenu secret, sans jamais rien divulguer à quiconque.

Personne ne sait.

Il ferme la porte de son bureau, l'odeur d'encens me pénètre et sacralise chacun de ses gestes, comme à l'église. Jamais je ne m'étais aperçue à ce point de l'importance de l'odeur. Les yeux fermés, je sais déjà que je suis chez le psy. S'il m'arrivait de respirer n'importe où un parfum similaire, je serais transportée dans ce cabinet où se mêlent la crainte et la concentration. J'attends, recroquevillée ; des boucliers s'élèvent autour de mon corps et de mon âme. Je suis une forteresse, je lutte de tout mon être contre l'invasion du psy.

Deux fois par semaine

Désolée.
La dureté du lit me choque un peu moins. J'ai été surprise, ensuite, je me suis habituée, et puis l'inconfort prévient la somnolence... L'installation prend du temps et demande certaines vérifications : je lisse ma jupe, je m'assure qu'elle ne remonte pas trop, qu'elle ne plisse pas. Je croise mes jambes, parce que je préfère l'allure qu'elles prennent quand elles sont ainsi. Le menton baissé, je tire sur mon pull pour éviter qu'il ne découvre mon ventre.
Voilà, rien ne cloche ni ne gondole.
Soudain, au fond de la pièce, posée sur le rebord de la bibliothèque, une lampe s'allume. Instantanément, la pièce perd cette atmosphère tamisée que j'aime bien, comme si l'opacité extérieure favorisait une certaine clairvoyance intérieure. La soudaine luminosité me plonge dans une obscurité de moi encore plus grande.
Je vois trop pour me voir.
Je n'ose protester.
L'interrupteur doit se trouver près de lui, contre le pan de mur vert, de là où il est, il commande tout.
La paume de ma main collée sur les yeux,

Deux fois par semaine

je tente de lui signifier ma gêne ; aucune réaction. Il me voit mieux ainsi. Seul lui compte. A moins qu'il ne tente une nouvelle méthode d'investigation.

Il dit : « Hum », alors que je n'ai pas parlé.

Un « hum » pour quoi ? Pour rien, juste parce qu'il s'ennuie et qu'il aimerait bien un petit fond sonore ?

Je n'ai prononcé aucune parole, n'ai fait aucun geste pour mériter une quelconque marque d'intérêt. Ma jupe ? Ma jupe l'intéresse ?

Je hausse les épaules, manière de lui signifier que je ne comprends pas.

Il dit enfin :

– La jupe.

C'est tout. Il ne dit pas plus. Il ne finit pas ses phrases, il indique un chemin mais ne s'y engage pas.

Je ne connais pas la route. Et je ne possède aucune indication sur la marche à suivre. Sauf le : « Je ne vous juge pas » du premier jour. Bon.

Cela signifie que je peux lui raconter n'importe quoi. Qu'il attend de moi que je déballe mon tas de secrets, fantasmes, choses

Deux fois par semaine

sales et honteuses tandis que derrière mon dos, en technicien de l'inconscient, les bras dans le cambouis de l'esprit, il analyse. Depuis des années qu'il est tapi dans le dos de ses patients, il a dû en entendre des horreurs.

Non, non, il n'y parviendra pas, il y a un barrage au fond de moi depuis bien trop longtemps qui ne risque pas de céder. Je sais peu de choses sur moi, mais ça, je le sais. Désolée, c'est idiot, je suis sûre que vous êtes sincère, que vous ne me jugez pas, mais je suis ainsi, c'est peut-être de ça dont je suis malade, de ça aussi, et je ne vois pas comment on va s'en sortir.

Il dit :
– La jupe.

Comme si c'était une chose importante. Evidemment, si je lui réponds : « La boutique en bas de chez moi », je tombe à côté.

Quoi la jupe, le prix ? Trois séances d'analyse.

Si j'osais, je vous dirais qu'il faut vraiment être désespéré pour s'allonger sur cette paillasse

Deux fois par semaine

rugueuse plutôt que d'aller se faire masser au hammam de la rue des Rosiers. En économisant l'argent des rendez-vous, je pourrais m'en offrir des promenades sur la Seine, des voyages, des jupes pour danser jusqu'au vertige, mais j'ai oublié que je ne danse plus, que je ne saurai plus jamais danser.

Quarante-quatre mille francs, pour onze mois parce qu'ils se reposent en août, les psys ; à moins que ce ne soit en juillet, mais cela revient au même. « Il est préférable que nous nous reposions en même temps. » Ce fut une autre de ses indications.

Je comprends. Ainsi, nous serons séparés un mois, pas deux. Onze mois de traitement seront plus efficaces que dix.

A condition d'y croire. Comme en Dieu. Et je ne sais pas si j'y crois. Je voudrais des preuves chez le psy aussi, je n'en trouve pas. Ni Dieu, ni les psys n'en donnent.

Je n'ai aucune preuve, pas même d'exister.

Il a dit « la jupe ». Pourquoi « la jupe » ? Voulait-il souligner la relation évidente selon

Deux fois par semaine

lui, entre le soin que j'apportais à mes tenues et mon envie de le séduire ? Et quel aurait été le but de cette entreprise de manipulation ? La guérison, bien sûr. Rien d'original. Le lot commun.

Comme en mathématiques. La règle est générale, seules les applications varient à l'infini. La maladie était-elle un accident de la vie ou la signification de sa fin ?

J'aurais pu lui poser la question, puisqu'elle me venait en tête et que le jeu consistait à dire tout ce qui me traversait l'esprit, mais ce jeu pouvait dégénérer. Le mal n'existe-t-il pas plus quand on le nomme ?

Je pouvais revenir sur la « jupe » qui, somme toute, me semblait un sujet au moins inoffensif :

– Qu'est-ce qu'elle a, ma jupe ?

Ça ne marche pas. Il n'est pas là pour me mâcher le travail. Si je veux guérir, à moi de trouver toute seule.

Après tout, je paie pour ça. Alors pourquoi payer pour me taire ?

Deux fois par semaine

Je suis entrée dans son cabinet comme on entre dans une église. A la différence de l'église, le miracle peut advenir, mais il faut le provoquer. La psychanalyse, c'est cette leçon-là, tu récoltes ce que tu sèmes, tu es chez un shrink, pas chez le bon Dieu.

Pas facile. Je ne sème rien. Tout en moi est terre brûlée.

J'espère qu'il n'est pas complètement ignorant de moi, qu'il a une petite piste à proposer, un diagnostic grossier, un type de névrose répertorié, du prêt-à-porter, pas du sur-mesure. Juste un truc banal.

On se croit unique et on ne l'est pas. On est banal même dans nos souffrances. Décevant ? Non, je préfère ressembler à ce que je ne suis pas. Rien ne m'apaise plus que la normalité : être normal, même dans ses anomalies. S.B. a dû lui transmettre des indications. L'aménorrhée lui ouvre un boulevard ; j'aime mieux croire qu'il a une idée là-dessus, même si je redoute qu'il ne sache rien en faire.

Deux fois par semaine

J'ai répété :
— Ma jupe... ?
Aucun écho. Pas même un petit grognement d'encouragement.
Je soupire. Il s'en fiche.
Il m'a balancée sur une planche sans explication et, malgré la lenteur ambiante, j'ai l'impression d'être au volant d'une locomotive lancée à pleine vitesse, sans savoir la conduire ni l'arrêter. Les paysages défilent. Pas d'escales.
Il réagit par des « hum », ne se fatigue même pas à construire une phrase tout entière.
« Hum », c'est sa façon de signifier que je m'approche du but, de dire « tu brûles », comme à l'école, sans trop se compromettre.
On joue à un « chaud-froid » des états d'âme.
Il me semble que j'approche, mais je ne sais pas de quoi.
A moi de trouver.
Il me montre une voie possible et se retire au fond de son fauteuil, là-bas derrière, près de la fenêtre, là où mon regard ne peut l'atteindre.
« Hum », c'est la petite récompense, la caresse du dompteur. Mais je ne l'intéresse pas

Deux fois par semaine

longtemps. La suite le déçoit, les mots ne viennent pas, alors il se terre au fond de son siège tournant.

Je veux qu'il revienne, j'ai besoin de son intérêt, je ne sais tout simplement pas quoi dire sur ce bout de tissu en gabardine mauve.

Pour l'intéresser, je tente :

— Vous pensez que la futilité est une façon de vous échapper ?

Il réplique sans attendre :

— De *vous* échapper...

En appuyant sur le pronom personnel.

Voilà, je disais une petite chose banale pour attirer son attention et je récolte trois mots qui m'envoient au tapis. Je ne sais pas ce que j'ai fait, j'ai dû soupirer en pensant que l'on ne m'y reprendrait plus. Que je n'avais pas besoin que l'on m'éclaire sur les choses que je me cache.

Je croise les bras, décidée à me taire.

Mais il revient à la charge, insistant sur chaque mot :

— Dites les choses comme elles vous

viennent, restez au plus près de vos pensées, ne cherchez pas à tenir des raisonnements savants.

Autant brancher un magnétophone.

Comment parler librement, un homme dans mon dos ?

Il a beau se faire discret, je ne parviens pas à l'oublier. J'entends son souffle, je devine le moindre de ses mouvements.

Dans le silence s'installe un bras de fer.

Comment en parler ?

Il y a eu le choc, puis les ondes.

Les ondes m'ont coupée du monde. A force de **me** protéger comme un animal peureux, je me suis éloignée de tout.

J'ai commencé ma vie par la fin.

Les tristesses de fin de vie, je les ai rencontrées au début.

Une vie à l'envers.

J'ai vingt ans et les tracas d'une octogénaire.

Je voudrais mettre fin au silence, dire le tout-venant, sans filtre, sans réflexion préalable.

Soudain, comme s'il lisait dans mes pensées :

– Vous savez, ici, c'est l'auberge espagnole, on mange ce que l'on y apporte.

Et nous nous sommes quittés sur cette

phrase, le temps que je l'assimile, j'étais déjà debout.

Tristesse.
J'avais donné cinq cents francs et je me sentais encore plus seule qu'en arrivant. Cet homme était trop rigide, trop sévère pour moi. Je me demandais même si derrière ses intelligences psychanalytiques, il avait un cœur.

Et, à ce moment précis de ma vie, j'avais plus besoin d'un cœur que d'un esprit. Je savais maintenant que je ne pourrais rien partager avec lui, qu'il allait mourir de faim dans son « auberge espagnole ».

Il se lime les ongles

Il se lime les ongles derrière mon dos.
Est-ce qu'un homme qui se lime les ongles derrière mon dos peut être attentif à ce que je dis ou ne dis pas ?
Depuis des semaines, je ne dis pas.
Il me laisse me débrouiller avec moi-même. Vaste programme. Quand il n'a pas la tête rivée sur l'arrondi de ses ongles, je sens qu'il s'avance, qu'il sort de son fauteuil comme un escargot de sa coquille et me regarde par-dessus mon épaule.
Il se lime les ongles doucement.
J'entends au frottement qu'il s'agit d'une lime en carton, sûrement une de ces limes rouge-orangé d'un côté, grises de l'autre que l'on achète par dix dans les pharmacies... Un truc pour scier les barreaux de la prison

Deux fois par semaine

dont il ne parvient pas à me sortir avec des mots.

Bruit de manucure.
D'ordinaire, les hommes se coupent les ongles, mais H.T.R. n'est pas un homme comme les autres.
Il a du temps. Un temps libre et occupé à la fois ; un temps compté, privé, retenu.
Je pourrais l'éclairer sur ma vie.
Je pourrais lui dire qu'avec des mots de la science un professeur de médecine a balayé mon insouciance.
J'ai vingt ans, c'est vrai, mais pas vingt ans comme les autres.
Parce que je sais maintenant.

Pourquoi ne pas essayer l'hypnose, comme avec le grand maître de Vienne ? Même si je doute que mon psy y parvienne.
Difficile d'arracher le désespoir à qui ne veut pas s'en défaire. Il y a des natures pour cela, pas la mienne. Je résiste. Subrepticement, je

Deux fois par semaine

mène mon petit combat désespéré contre les événements, je soulève mes montagnes, me révolte et déserte, impuissante.

Je m'habille, je me rends à mon stage puis à la faculté, je monte les trois marches qui mènent chez le psy. Je monte à bout de forces. Je monte.

Plus rien n'est facile. Dire, encore moins.

Je pourrais dire sur les autres : dire l'injustice, les erreurs de jugement, pas sur moi. Moi, c'est secret. C'est fermé et je mens depuis longtemps à mon entourage. Je pourrais peut-être dire les confusions où m'entraîne parfois l'apparence.

Je dis juste ça. Juste l'apparence.

Il répond :

— Passer pour un idiot aux yeux d'un imbécile est une volupté de fin gourmet.

Inattendu. Je ris un peu, je le remercie pour ce que je prends pour un compliment, mais je n'en tire aucun plaisir.

— Je ne suis pas un « fin gourmet ».

Il ricane, je penche la tête en arrière et j'aperçois son œil malin.

Il dit :

Deux fois par semaine

— Vous croyez ?

Alors je me retourne sans qu'il me le demande, je reviens dans mon coin, face au mur, avec mon petit paquet de mots à décortiquer, flattée qu'il puisse me penser aussi machiavélique.

Je dis :

— Je ne crois pas.

Il répond un « hum » dubitatif qui me plaît bien.

Mais il n'ira pas plus loin. Il n'est pas là pour me rassurer.

Le petit bruit insidieux et infernal reprend.

Il joue de la lime comme un violoniste de son archet.

Il peaufine, il fignole, ne néglige aucun angle, déborde sur les peaux, sur les envies et peut-être même la lunule.

Le concert se déroule derrière mon dos.

Il note mes silences

Je regarde mes chaussures, des ballerines beiges, elles sont neuves, je les ai achetées en sortant de chez lui.

Talons plats, bouts ronds, petit nœud rétro suffisent à détourner mon attention, à m'empêcher de « travailler », comme ils disent. Il ne doit y avoir que les obstétriciens et les psys qui utilisent ce verbe à des fins thérapeutiques. Leurs métiers se ressemblent, les uns sortent des choses du corps, les autres de l'esprit.

L'important est d'extraire. Vider, virer, dégager, pousser, percer, rejeter ce que j'ai dans la tête sans essayer d'y mettre de l'ordre. Je sais.

En attendant, je croise, je décroise, je déplisse, je maîtrise. Pas de lapsus, pas de perte de contrôle, pas de dérapage.

Deux fois par semaine

Je plie mes bras sur ma poitrine, je croise mes jambes, je me ferme, mes membres s'enroulent autour de mon corps.

Il note.

Il a troqué sa lime contre un crayon. C'est maintenant une autre mélodie qui se joue derrière moi, celle de la mine bien taillée sur la feuille d'un petit cahier. Je l'aime bien, cette mélodie-là.

Il note.

Il note mes silences ?

Mes silences ne font avancer que lui.

« Combien de temps ? »

Qu'est-ce qui m'avait pris de poser une telle question à ce cancérologue, avec une assurance qui ne m'appartenait pas ? Si on peut dire qu'il existe des questions au-dessus de nos moyens, celle-là en faisait partie. Me suis-je crue assez forte pour recevoir une réponse ? Même pas.

C'était il y a trois mois.

J'ai posé cette question, comme tous ceux qui la posent : pour être rassurée. J'ai tenté le

Deux fois par semaine

diable, sans imaginer que je le trouverais. Il a dit ce que je ne voulais pas entendre. Il a dit : « Un an, peut-être deux. » Comme ça, sans aucune autre précaution. Il avait décidé que j'avais vingt ans et que j'étais en âge d'entendre ces cruautés.

Je me souviens d'avoir murmuré :

« C'est horrible », et lui, au lieu d'adoucir son propos, m'a dit qu'en sortant je pouvais aussi bien me faire écraser par un autobus.

C'était pour me réconforter.

Puis en passant sa main sur mes épaules trop maigres, il m'avait conseillé de me faire aider : « Cela va être dur pour vous aussi. »

Je dois lui dire que je suis là pour un autre que moi, là pour prendre des forces et les redonner à quelqu'un qui en a besoin.

Une larme coule ; le psy doit me regarder parce que, au-dessus de ma tête, je vois une main qui me tend un mouchoir de papier.

Je remercie la main.

Pour lui être agréable, je pourrais l'éclairer un peu, juste pour être polie.

Deux fois par semaine

Il dit :
— Pourquoi pleurez-vous ?
Je rentre le menton et referme mes bras sur ma poitrine.

Jeudi

Au lieu de se diriger directement derrière le canapé, le psy marque quelques secondes d'arrêt derrière son bureau :
— Je ne serai pas là, la semaine prochaine...
Les questions pratiques ne concernent pas l'analyse.
Elles se traitent debout.
J'ai donc attendu, debout comme lui, de l'autre côté de son bureau, qu'il ouvre son agenda. J'ai sorti le mien et, à l'aide du crayon qu'il m'a tendu, j'ai biffé le lundi à quatorze heures et le jeudi à dix-huit.
Il me regarde. J'ai dû barrer d'un geste un peu vif. Peut-être. Que signifie ce geste ? se demande le psy. Avec les fouineurs de l'inconscient, chacune de nos attitudes est interprétée.

Deux fois par semaine

Méfiance.
Moi aussi je l'observe ; je ne suis pas seule à être sous surveillance. Et j'observe un comportement différent selon la position qu'il occupe : devant, il me traite en personne « normale », il me parle d'emploi du temps et me tend un crayon pour écrire. Derrière, je deviens une malade et les règles de politesse sont abolies.

Je ne suis pas une personne normale. C'est là-bas ma place, sur la paillasse. Etre debout en face de lui ne me convient pas, il est d'ailleurs probable que son émotivité soit aussi nulle debout qu'assis.
Il faut que je m'allonge.
J'imagine que mon médecin lui a transmis quelques généralités sur mon compte : ma provenance, mes études, ma situation matrimoniale, etc.
A cette fiche administrative, il a dû ajouter ses intuitions, parce que, quand je ne lui parle pas, je lui parle quand même.
Je souris.

Deux fois par semaine

Drôle de réflexe : je souris quand je suis gênée.
Lui ne sourit jamais.
Il n'y a pas de raison, après tout.
Il est juste grave et concentré. De circonstance.
Pas moi.
Moi, je suis à faux, je suis un cheval qui galope sur le mauvais pied. En désaccord avec le rythme et les événements de la vie. Comment pourrais-je m'entendre avec elle ?
Mon sourire se fige, j'ai l'impression qu'il se cimente, que je ne pourrai plus jamais arrêter de sourire, qu'il se durcit comme un mur. Sourire de façade. Ai-je l'air d'une bienheureuse ? Qui va ennuyer une bienheureuse ?
Tandis qu'il se dirige vers son siège, il m'invite, d'un geste, à m'allonger.
Il s'assoit, s'arrime à son rôle. Pas question de se laisser embarquer par les chagrins de ses clients. Il cadenasse, il verrouille. Il se déplace vers moi, un rapide regard sur la marchandise à analyser. OK, tout va bien devant, on est partis pour le voyage ?
Silence.

Deux fois par semaine

Le temps des choses sérieuses est revenu.
L'aparté est terminé.
Il dit, sans attendre :
— Hum, pourquoi souriez-vous ?
Mon sourire devait être si déplacé qu'il ne lui a pas échappé.
Je ne sais pas pourquoi je souriais, il m'ennuie avec ses questions idiotes.
— Je souriais pour rien, voilà. Cela ne vous arrive jamais ? Vous vous contrôlez toujours ?
Ma réponse ne lui plaît pas.
— Je me trompe ?
Pas de réponse. Donc, je me trompe. Bon. Je tente :
— Je souris pour cacher quelque chose.
Un petit « hum » moqueur, du genre « je ne me foule pas ». Puis il ajoute :
— Dites ce que vous pensez et pas ce que vous croyez que je pense...
Voilà, je veux lui faire plaisir et il me réprimande.
Je me tais. Puisque je ne sais pas être moi.

Deux fois par semaine

Le tissu du canapé est râpeux et piquant. Quand une parcelle de ma peau effleure, même légèrement, la toile, je sursaute, comme piquée par un insecte.

Le tissu est son complice, il l'a choisi exprès.

Parfois les fibres, telle une multitude de petites aiguilles, passent au travers du lainage de ma robe et m'atteignent et je ne pense plus qu'à me gratter. Il suffit de peu parfois pour oublier.

Oublier que ma vision de la vie a changé, comme on peut changer de vue en passant d'un étage à un autre.

Question de distance, de positionnement, d'échéance qui approche et bouleverse forcément l'appréhension du monde.

Il me semble être passée du premier étage au dernier, de voir plus loin et plus petit. Je regarde les autres avec leurs problèmes journaliers, leur peur de sortir du rang, de penser autrement, leurs petites ambitions, leurs petites mesquineries, et je ne sais plus s'il faut les envier ou pas.

L'idéal serait d'arriver au dernier étage sans le malheur, sans que la vie vous y force, sans

Deux fois par semaine

le vertige qui m'étreint, sans la distance qui me sépare des autres. Mais, à vingt ans, ce ne serait pas normal.

La mort est l'ennemie. Hier soir, aussi absurde que cela puisse paraître, je suis sortie grâce à elle de l'état dans lequel son appréhension me plonge. Parce qu'il reste peu de soirées, je me suis dit qu'il ne fallait pas en gâcher une de plus.

Et si la vie n'était qu'un équilibre ? S'il suffisait de compenser le manque de temps par l'intensité ? Il faut. Il faut avoir la force.

Hier soir, je l'ai pris par la main, sa main à la peau transparente et tachetée, et je l'ai emmené marcher dans la rue, un peu, pas trop vite. Quand il s'essoufflait, je lui faisais croire que c'était moi qui étais fatiguée, que mes nouvelles chaussures me faisaient souffrir, juste le temps qu'il reprenne sa respiration.

Puis nous avons décidé de nous arrêter n'importe où pour dîner, là où cela nous plairait et c'est une pizzeria qui nous a plu... et c'était bien, malgré tout.

Deux fois par semaine

– Hum...
Il dit :
– S'il y a un endroit où vous pouvez parler, c'est ici...
Je sais.
Je tente de me retourner, un peu désolée, pour lui manifester ma reconnaissance, pour ces heures d'immobilité et d'attention, j'ai envie de le tranquilliser, de lui dire : « Ce n'est pas parce que je ne parle pas que cela ne marche pas. »
Mais il ne veut pas de cette communication-là et j'ai droit au demi-cercle.
Il me renvoie dans mes pénates : « Allez, retourne-toi », semble-t-il vouloir dire, l'air faussement sévère.
Pourtant, à la maison, je parle pour deux, je parle pour lui, je parle quand il a besoin d'être rassuré, il m'arrive de parler très tard dans la nuit, de trouver les mots, j'évoque les progrès de la science, de la recherche, je fais des projets... Des enfants ? A cause de la chimio, il ne peut plus en avoir ; mais non, ce n'est pas un problème, je n'en ai jamais voulu. Enfin, je ne crois pas.

Deux fois par semaine

Je soupire, l'air qui sort de mon corps un peu bruyamment m'apaise. Mes épaules s'effondrent comme les extrémités d'un portemanteau, mes poumons aussi, ma cage thoracique aussi, tout s'affaisse et me soulage.
Je ferme les yeux.
J'essuie une larme.
La main me tend un mouchoir.
Je remercie la main.
Silence, immobilité, des deux côtés.
Il est possible que je ne veuille pas me gaspiller.
Expliquer, dire, raconter, c'est s'éparpiller, j'ai besoin de me concentrer, de rassembler mes forces pour mieux les donner à celui qui en a tant besoin. Et le silence, mieux que la parole, m'aide à me retrouver quand je suis loin de lui. Le silence est une maison, la maison qu'il va me laisser.
Connaissait-il ma vie, l'homme au regard de hibou ?
Oui, il savait, j'avais lu dans ses yeux de la compassion mais aussi cette sorte de respect

Deux fois par semaine

que l'on a pour les personnes qui souffrent. Cela me suffisait. C'était bien de savoir que deux fois par semaine il m'attendait. Même si je n'en profitais pas vraiment. Je le savais. Il était là et cela commençait, malgré tout, à compter.

J'ai cessé de sourire et c'était un progrès.
Je suis restée sombre et recroquevillée, comme si j'absorbais petit à petit ce qui m'arrivait.
Le mouchoir serré au creux de ma main.
Sans paroles, il me remettait en place.
Il me réglait comme une pendule.
Je respirais, apaisée.

Petit raclement de gorge, puis le froissement de son pantalon.
Il se lève.
C'est toujours un acte brutal, la fin d'une séance. Il m'abandonne au milieu du champ d'interrogations qu'il a suscitées.

Deux fois par semaine

Toutes les fins sont brutales et la vie est toujours inachevée.

Je me relève avec un peu plus d'agilité que la dernière fois. J'ai maintenant une technique pour me redresser. Avec de la pratique, je perdrai la sensation d'être une tortue retournée.

Il me regarde. Sans aucun commentaire et, dans cet échange muet qui est parfois devenu le nôtre, j'imagine qu'il pense que je gâche mon argent et mon temps à me taire, mais qu'avec un peu de chance, j'avance, « je fais le travail toute seule ».

Il hausse les épaules à peine, une façon de me dire qu'il ne peut pas m'aider malgré moi.

– Alors, je vous dis à lundi en huit... ?

Il me sourit un peu, il a dû s'apercevoir que quelque chose dans mon corps a lâché, que pour la première fois mes épaules sont détendues.

Il se dit peut-être que le langage du corps précède celui de l'esprit. Et que la prochaine fois je lui parlerai. Les épaules sont une indication non négligeable.

Deux fois par semaine

J'aurai une semaine pour réfléchir à la manière.

Soudain, alors que je tiens déjà mon billet de cinq cents francs à la main, je lui dis :

— Vous pensez que mon sourire masque une détresse... C'est ça ?

Son regard est interdit. Trois quarts d'heure après c'est trop tard. L'analyse, c'est couché. Pas debout. Il est temps de me donner une leçon, de m'apprendre la discipline, on ne fait pas n'importe quoi ici. On cause couché et dans le temps imparti.

Voilà la règle.

Pas de dérogation.

Non.

Comme dans la vie.

Il dit :

— Vous me redirez ça la prochaine fois. Voulez-vous ?

La voix est douce, faussement. Le sourire aimable et hypocrite. Je pourrais lui raconter n'importe quoi, lui annoncer n'importe quelle catastrophe, la mort de n'importe qui, il ne transgresserait pas les règles de l'analyse.

— Au revoir, madame.

Lundi

– Bonjour.
Il me tend la main en inclinant la tête, mais ne me répond pas.

Je m'installe, lui aussi.

Je croise les mains sous ma poitrine, je regarde le plafond qui devait être blanc, blanc cassé, et qui est devenu jaune.

Je repense à la dernière phrase pour retrouver le fil de la séance passée.

Mais le fil est rompu. L'émotion des mots s'est évaporée pendant la semaine.

Aucune piste.

Une fissure serpente le long du plafond. Je ne l'avais jamais remarquée jusqu'à aujourd'hui. Elle naît contre la bibliothèque et meurt, comme on dit pour les rivières, près de l'encadrement de la fenêtre.

Deux fois par semaine

Les hommes, les rivières, les fissures, tout finit.

La cassure est fine, mais déterminée, elle avance, creuse son sillon dans l'alignement d'une poutre. Est-ce qu'il sait qu'une vraie carte de géographie se dessine sur son plafond ? Certains recouvrent leur ciel de nuages, lui, entre les madriers, laisse se dessiner des creux, des trous, des abîmes. Et si c'était les nôtres qu'on projetait là-haut ? La matérialisation de nos malheurs ?

Est-ce que dans les pays chauds, les psys exercent sur une terrasse ou à l'ombre d'un arbre dans un jardin ? A moins que la psychanalyse soit synonyme d'enfermement et que quatre murs et une porte soient nécessaires au traitement.

Il y a autre chose que j'ai mis du temps à découvrir dans cet appartement : le rideau vert, à côté de la porte d'entrée. C'est une odeur de cuisine qui, cette après-midi, a fini par me l'indiquer.

Un ragoût à la coriandre mijotait derrière.

Comme à la maison. La maison du Maroc ; la même odeur rassurante des retours de l'école.

Deux fois par semaine

Je ralentis le pas, me remplis les narines des moments joyeux et gourmands, des images de plats en terre cuite fumants que ces senteurs évoquent.

Soudain, la sonnerie du téléphone retentit.
Je sursaute.
C'est la première fois que l'on nous dérange.
Une urgence, sûrement.
Il décroche.
Une mouche vole.
Je me sens de trop. Il se racle la gorge, s'excuse. Moi aussi, d'être là.

J'écoute. Mais il ne parle pas, c'est la voix dans le combiné qui s'exprime ; à la sonorité, j'ai bien l'impression qu'il s'agit d'une femme, mais je ne peux distinguer ce qu'elle raconte. Peut-être son épouse. Je n'aime pas l'idée qu'il ait une épouse.

Il dit :
– Oui.
Il lui donne raison, sans doute.
Cet homme, si sévère avec ses patients, est un mari dominé. Puis, il retrouve son autorité :
– Je suis en consultation, dit-il parce que son

temps de parole pendant une séance est dépassé.

Les interruptions aussi obéissent à des règles.

Et je sens bien un peu d'irascibilité dans sa voix.

Il raccroche et s'excuse pour la seconde fois et sa voix devient plus douce pour moi que pour son interlocutrice :

– Hum... Alors ?

La culpabilité le fait parler, comme tous les hommes.

– Alors, rien, on ne disait rien.

– A quoi pensiez-vous avant que le téléphone ne sonne ?

Tiens, incursion ?

J'hésite, bien sûr, avant de répondre ce qui va suivre, parce que ces mots me semblent d'une incroyable témérité.

Et d'une voix faible et vacillante :

– Je me demandais si le rideau vert menait à une cuisine.

Voilà, c'est dit. Spontanément, comme il le souhaite. Satisfait ?

Il recule au fond de son fauteuil pour

Deux fois par semaine

emporter la question et y réfléchir sur son territoire.
Silence.
Je suis tombée dans le piège de la sincérité.
Voilà, j'ai été trop loin, il pense que je suis mal élevée, effrontée et je l'ai déçu.
Mais il revient :
— Et ça vous fait quoi d'imaginer que j'ai une cuisine ?
Je rougis.
La question est osée.
Depuis longtemps je n'avais senti la sensation de mes joues qui s'empourprent, pas seulement mes joues, tout mon corps. J'ai chaud.
— Allez..., dit-il.
C'est difficile. Il est plus à l'aise que moi sur ce terrain ; je n'aurais jamais dû m'y hasarder.
— Allez...
Comme s'il y avait quelque chose d'important à sortir de l'affaire du ragoût.
Je lui dis :
— Cela veut dire que vous avez une vie...
— Oui, répond-il.

Jeudi

– Je collectionne les photos de tous les gens que mon chien a mordus, dis-je pour commencer la séance.

Le psy reste stoïque.

Un rapide coup d'œil vers l'arrière me permet de vérifier qu'il ne cille même pas, non, il a l'habitude des provocations, il a même dû entendre des absurdités bien pires.

Il me rappelle les gardes de Buckingham quand ma petite sœur et moi nous nous efforcions avec nos farces de les faire rire ou juste sourire.

Pas de réaction.

Je perds mon temps, on n'est pas là pour plaisanter.

Il ne s'engouffre pas dans le moindre de mes délires.

Deux fois par semaine

Je ris. Ne m'avait-il pas encouragée à lui dire « tout ce qu'il me passait par la tête » ? Voilà le résultat.

Il est déçu. Il attendait autre chose que cette histoire de chien.

Parfois je me demande s'il n'existe pas de méthodes plus efficaces. On appuie sur le ventre des femmes pour les accoucher, sur les blessures pour en extraire le pus, il n'appuyait nulle part. Comment parvenir à un résultat ? Il ne dit rien, et moi, je suis trop blessée pour donner. Je pourrais recevoir des mots si on me les administrait comme un médicament. Je ne sais pas aller les chercher. Surtout pas les bons.

Je m'indigne, bouche cousue et poings serrés.

La tempête a bien lieu, mais sous mon crâne.

Le vent souffle, pas le bon, pas celui qui ramène le naufragé vers la côte, celui qui l'en éloigne.

Cléo est petite, trapue, courte sur pattes, desservie par de grandes oreilles, anoblie par

Deux fois par semaine

un regard de victime. Elle a passé tout un été dans une vitrine.

A vendre.

J'ai acheté mon chien après que le médecin m'eut annoncé sa saloperie de vérité.

Les gens pleurent seuls et nos chagrins les plus profonds n'affectent que nous. J'avais un chien pour ne pas pleurer seule.

Les bras d'un psy ne sont pas pour les patients. Cela ne se fait pas. Même en cas de force majeure. Une patiente dans les bras du psy, même pour pleurer, c'est une faute déontologique. Je l'entends d'ici, il dirait juste : « hum, hum »... parce qu'un truc comme ça, c'est un vrai filon, ça doit déboucher sur le transfert, de quoi meubler au moins huit séances, peut-être même plus, trois mois de conversations assurées et douze mille francs dans la caisse, un vrai business, le transfert.

A quoi sert-il, en définitive, tapi dans la pénombre à se limer les ongles ? A mater mon décolleté, à remuer le silence dans tous les sens ?

A rien, sauf que, je ne sais pourquoi, quand je suis là, je pense mieux que chez moi, les

Deux fois par semaine

choses me reviennent en tête plus clairement, et je ne sais pas si je dois cette clairvoyance à sa présence derrière ou simplement à la sensation de solitude. Je ne peux pas le dire avec certitude. Je ne peux rien affirmer sur son utilité, disons qu'il est trop tôt, que l'on verra plus tard, que, de toute façon, je n'ai rien à faire de mieux que de venir ici.

L'univers a changé, à moins que ce soit moi, depuis que l'homme en blouse blanche m'a parlé. Plus rien d'avant ressemble à maintenant.

J'aurais dû l'interrompre, j'aurais dû plaquer mes mains contre sa bouche, l'empêcher de dire. Mais je suis restée statufiée, fusillée par ses mots.

Une rafale de cinq, six mots seulement a suffi à foudroyer mon existence. « Un an, peut-être deux ? » Toutes les nuits, j'entends sa voix. Tant que je vivrai, je l'entendrai. Il avait permuté les rôles entre mon mari et moi, une façon de me dire : « A partir de maintenant, c'est toi la forte et lui le faible. » Comme ça, du jour au lendemain, il a modifié le cours des choses.

Deux fois par semaine

C'est ça aussi, la maladie, le changement des rôles.

Obliger les faibles à devenir forts. Les forts à devenir faibles.

Inverser l'équilibre des couples.

Hier, en arrivant à l'hôpital, je portais sa valise d'une main, le dîner de l'autre. Lui, si prévenant, ne s'en est pas aperçu.

Ma mère aurait pu m'aider, mais elle ne savait pas, alors elle répétait : « N'exagère pas », pour dédramatiser, comme si c'était possible.

Cléo fait bien son job : dès le matin, elle m'accompagne devant mon bureau, se glisse sur mes genoux, se cale contre mon ventre, pose la tête sur mes feuilles, me suit quand je me lève, s'assombrit quand je la laisse et pisse de joie quand elle me retrouve.

— Est-ce qu'il y a des psys pour chiens ?
Silence.
— Vous ne répondez pas parce que je déraisonne, c'est ça ?

Deux fois par semaine

Je me retourne pour lire sur son visage un semblant de réponse, mais il demeure impassible et attentif le psy, assis au fond de son fauteuil, l'air circonspect, payé pour tout recevoir.

Demi-cercle. Figure imposée.

Je ne bouge pas. Regard contrarié.

Deuxième demi-cercle.

Départ, doigt pointé, autoritaire sur la droite, courbure et échappée vers la gauche.

Figure libre.

L'artiste fait du zèle.

Nouvelle chorégraphie.

Je résiste, je ne bouge pas.

Troisième demi-cercle : même amorce sur la droite, gros ventre en bas, final assez sec sur la gauche.

Bon, il a gagné, le cirque a assez duré, je me retourne.

Quand je suis face au mur, pour me récompenser, il s'exprime enfin :

– Vous parlez du chien pour éviter de parler d'autres choses...

Facile.

Il me renvoie à ma semaine sans lui, il vou-

Deux fois par semaine

drait que je la lui raconte, mais à quoi cela servirait-il ? Je reste amarrée à mon silence comme si le silence était une preuve d'amour.
– Hum ?

OK, je fais l'effort et je déballe sans émotion l'emploi du temps de ces jours sans lui, j'abrège, je condense, je récapitule. Je résume ma semaine à grands traits malhabiles et paresseux, de toute façon les paroles trahissent toujours un peu, encore plus quand on a traversé des moments sans les vivre. Il ne reste que des images, pas de sensations. Des lieux, pas d'émotions. J'ai lu mon exposé sans être paralysée par le trac, mais d'une voix linéaire, une voix à endormir tout un auditoire. Lui a été nommé premier secrétaire à la conférence du stage. Je me souviens que l'on a traversé les couloirs du Palais alors que la veille tous ses cheveux étaient tombés. Je me souviens de sa robe noire, de son crâne chauve, de cet air de pauvre oiseau déplumé que cela lui donnait. Je me souviens du regard des autres et de la honte

Deux fois par semaine

qu'il me causait. Je me souviens de la honte de cette honte.

Voilà, sa curiosité est-elle satisfaite ?

Cela sert à quoi de raconter sa vie ? Plutôt vous dire que je me sens seule parmi le monde, parce qu'il n'y a pas de place pour nous, parce que nous sommes différents, jeunes et vieux à la fois, parce que nous sommes arrêtés, sans projets. Parce qu'il a peur de me laisser.

Alors, je l'entends dire ce genre de phrases simples qu'il distille à l'économie et qui renvoient à des choses compliquées : « Il n'y a pas de petits bénéfices… » Je souris parce qu'il touche quelque chose de juste. Il éclaire un peu.

Mais je n'en profite pas. Trop de peine me submerge.

Je me retourne : rotation de la nuque.

J'ai pu voler un sourire, un sourire qui veut dire : « Je ne vais pas vous en dire plus. Vous ne pensez tout de même pas que je vais vous mâcher le travail ? »

J'attends.

Pas un mot.

Deux fois par semaine

Il se lève. La séance est terminée.
Il a le sens du théâtre et se ménage des sorties qui ouvrent d'autres portes.
— A lundi.

Lundi

Première, deuxième, troisième, quatrième et cinquième.

Le demi-cercle du psy se décompose en cinq.

Il impose des étapes à son geste si singulier, question de cadence. Ses doigts sont aussi agiles que les pieds d'une danseuse. Le son manque, pas le rythme.

Première, deuxième, troisième, quatrième et cinquième.

Dégagement vers la gauche. Comme je n'obéis pas, en danseur étoile il s'essaie une fois encore à sa figure favorite. Combien de fois serait-il capable de la répéter ?

Plus que moi, moi je m'emmêlais les chaussons, je n'avais pas sa cadence. Mon ballet, c'est sur mon cheval que je le dansais, la tête posée

Deux fois par semaine

sur son encolure quand nous galopions sur la plage.

Je ne sais pas soutenir un regard, je ne cherche pas à remporter la bataille. Je finis toujours par capituler. Son cirque commence à ressembler à un jeu, un bras de fer, à avoir des allures de bataille virtuelle et, depuis quelque temps, je ne joue plus.

« Un an ou deux », avait dit l'homme en blanc. J'ai été éliminée d'une phrase. Il existe des mots plus assassins que des coups de poignard, des mots apparemment imparfaits qui transportent vers un autre monde. Même ceux qui ne les ont jamais entendus connaissent leur existence. Mais ne les connaissent pas vraiment, leur savoir reste théorique. Comme lorsqu'on lit la description d'un pays dans lequel on n'est jamais allé, on ne le ressent pas dans sa chair, même si on peut en parler.

A la fin de sa figure, j'exécute la mienne, un demi-tour banal, je pourrais dire une pirouette, cela serait plus élégant, mais exagéré. Il n'y a rien d'aérien dans mon laborieux retournement vers la gauche parce que, sur la droite, il y a un mur et que l'espace est encore plus réduit.

Deux fois par semaine

Retour forcé sur mes souliers.

En général, c'est eux que je fixe.

Lui aussi d'ailleurs, il les regarde. Je l'entends s'avancer, une légère flexion du buste vers l'avant, je sens son regard qui balaye mon buste, mes jambes, à moins que ce ne soit mes bas, puis il s'appesantit sur mes chaussures. Arrêt sur image. Qu'est-ce qu'il cherche ? Il n'y a rien à lire.

Il se balance dans mon dos, il oscille légèrement comme un métronome, il ponctue le temps, le regard perdu dans mes souliers plats. A peine un centimètre de talons, bouts carrés arrondis aux angles, recouverts d'un velours de soie violet, lustrés par endroits, ce qui leur donne une impression de délicatesse, de préciosité, de pieds ni faits pour marcher, ni pour fouler les intempéries de la vie.

Il observe, lit sur mes pieds comme une sorcière dans le marc de café.

Si mes pieds sont heureux, leur joie de vivre ne monte pas jusqu'à ma tête.

Je croise mes jambes.

Deux fois par semaine

Il recule. Conscient que son stratagème ne m'a pas échappé.

J'ai dû l'effrayer en bougeant.

Je décroise mes jambes.

Il ne revient pas ; il a assez lu, il reste au fond de son trou, comme les poissons apeurés par le mouvement d'une épuisette. Pas commode de faire sortir un psy d'une grotte, il faudrait prononcer les mots « plaisirs, désirs », pour l'intéresser. La libido, c'est leur domaine.

Il n'en demandait pas tant. Il était plutôt modeste dans ses exigences. Peut-être trop.

Il a le temps, ce n'est pas un médecin pour les urgences. Il pense que je suis responsable de mon enfermement, donc que je dois savoir mieux que lui comment en sortir.

Il attend.

Pour guérir ici, il faudrait commencer par ne pas être malade.

Je ne sais pas comment faire. Je me retourne, découragée, il demeure imperturbable.

Je me tais, je ne trouve pas de solution, les vagues de douleur qui envahissent mon esprit contribuent à m'éloigner, à m'empêcher de nager.

Deux fois par semaine

Si j'allais mieux, je pourrais le distraire, mais allongée dans la pénombre, le regard rivé sur mes godasses ou sur le mur, j'ai l'impression de voir le désert, le vide, le silence sans pouvoir le remplir, d'être une paralytique à qui on recommanderait de courir le mille mètres pour retrouver ses jambes.

Qu'est-ce qu'il attend assis derrière moi ? Ne voit-il pas que je suis bloquée ? Comment veut-il que je me détache de ce qui m'obsède et m'accapare ? Pour voir qui ? Pour entendre quoi ? Je suis incapable d'exécuter les figures qu'il me demande, on va rester comme ça longtemps, coincés. Je ne cours pas le mille mètres, je ne peux pas. Quelque chose bloque dans ma tête. Cela ne sert à rien de me répéter la marche à suivre, je la connais. Je sais ce qu'il faudrait faire ou ne pas faire. Peut-être que je le sais trop. Plus rien n'est spontané, j'essaie de tout contrôler. Pour une fois.

Jeudi

Il serait prêt à engloutir n'importe quoi, mon psy, tant je l'affame, même des reproches. Peut-être considère-t-il la révolte comme un progrès ?

Aujourd'hui, il joue au fier : pas un soupir, pas de déplacement vers l'avant, pas un seul coup d'œil par-dessus mon épaule. Il ne s'enquiert de rien, ni de mon accoutrement, ni de la forme de mes chaussures, il se fiche de savoir si je porte une robe où un pantalon, si mes cheveux sont attachés ou s'ils flottent, si j'ai coloré mes joues de rose.

Aujourd'hui, monsieur boude, je n'ai pas assez parlé la dernière fois, il me punit, une sorte de vendetta psychanalytique. Monsieur reste sur ses terres, l'air désintéressé. Il n'est pas d'humeur à insister, tant pis, on ne fait le bonheur de personne malgré lui.

Deux fois par semaine

A moins qu'il attende que je sorte de ma coquille, que j'enclenche mon savant retournement vers la gauche pour m'opposer sa virevolte vers la droite. Le manège continue. Il se cale, je l'entends qui prend possession de son fauteuil, le cuir crisse encore malgré l'usure.

Il est probable que dans quelques instants, il ressortira sa lime.

Mais non, il prend un cahier dans la partie basse de la bibliothèque, sûrement le cahier qui porte mon nom, attrape un crayon dans son gobelet chinois et note quelque chose. Qu'est-ce qu'il peut bien noter ? Quels renseignements, quels enseignements tire-t-il de mes silences ? Mystère. A moins que mes silences ne financent ses mémoires ?

Mes bras sont tendus le long de mon corps, mes poings sont serrés, je suis droite, ni mes genoux ni mes coudes ne sont articulés, je ressemble à un soldat de plomb.

Même si je voulais me retourner, je ne pourrais pas. Je voudrais pourtant savoir, moi, comment il va.

Je suis moins audacieuse dès qu'il ouvre la porte de la salle d'attente, je lui tends la main,

Deux fois par semaine

les yeux baissés, et je m'allonge aussitôt sur le territoire qu'il m'a désigné, tandis qu'il se dirige vers son siège.

Selon l'intonation, je devine s'il est de bonne humeur, s'il est contrarié, s'il va enfin m'aider, ou attendre.

Il a remis son affreuse cravate, celle que je soupçonne ses enfants de lui avoir offerte pour Noël, son costume marron, celui qui lui donne mauvaise mine, alors que je préfère le bleu. Mais aujourd'hui, je ne parviens pas à me retourner.

Je renverse la tête, lève les yeux vers l'arrière, mais je n'attrape pas son image.

Au volant de ma voiture, je me suis juré de lui parler. C'est facile au volant de la voiture. Je pressentais qu'un jour cela se produirait vraiment, que d'un coup, la paroi d'un barrage se briserait. Les mots arriveraient par vagues, il serait submergé et moi soulagée. Une flopée de mots, une bourrasque de mots imprécis, forcément, je serais trop émotive pour être concise.

Tout viendrait trop vite, je déballerais dans

le désordre et l'approximation. Et il n'en reviendrait pas.

Je balaie d'un revers de la main un pli de ma jupe qui déborde du canapé, je chasse un fil blanc, une poussière. Je range, je contrôle. Dehors, je ne contrôle rien du tout. Je subis, je n'arrête pas de subir. Des menaces, des décisions, des traitements, des cellules qui s'emballent, qui n'en font qu'à leur tête. Qui deviennent bêtes, folles et cruelles, des cellules qui s'entretuent et qui finiront par le tuer. Ils me l'ont dit.
— Je suis fâchée avec les mots. Les mots d'un médecin m'ont condamnée, je ne vois pas comment les vôtres peuvent me ressusciter.
C'est la première phrase qui coûte le plus. Je ferme les yeux et, sans attendre de réponse, je continue :
— Vous ne disposez que des mots pour soigner vos patients ? Vous ne connaissez pas d'autres méthodes ? Le geste, la lumière, les couleurs, la gestalt ? Vos silences ne servent à rien et je m'ennuie ici.

Deux fois par semaine

J'attrape mon collier, et je fais tourner les perles de verre, vite, vite comme des toupies.

Le psy se redresse, il arrive, je l'entends, il suffit de peu parfois pour capter son attention :
– Hum, hum...

Petite sensation stupide de victoire, toujours la même, celle qui s'apparente aux joies de la pêche quand, après une longue attente, le poisson finit par mordre à l'hameçon.
– Hum, hum...

Il suffisait d'y penser.
– Le collier ? dit-il.

Il avance, je le sens qui se penche vers mon cou, je le sens regarder les boules de verre orangées qui tournent, il observe la façon dont je fais tourner les perles, d'un seul coup d'index, comme celles d'un hochet ; il se demande peut-être comment j'obtiens quatre ou cinq tours d'un seul élan.

Les billes me font loucher et accaparent mon attention. Avec un peu d'entraînement, je parviendrai à faire tourner deux rangs à la fois. Les coudes appuyés sur ses genoux, le buste penché, prêt à tomber, le psy observe le manège :

Deux fois par semaine

— Ça vous rappelle quoi, ce jeu ?
Moi :
— Vous devez penser à la garniture que les bébés ont devant leur berceau...
Le psy, agacé :
— L'important n'est pas ce que vous pensez que je pense, mais ce que vous pensez.

Et vlan ! Il n'est pas content de ma réponse, voilà, j'ai voulu faire la maligne, il me punit aussi sec. Toujours la même ritournelle. Et il repart dans sa caverne. Je me retourne, mais je ne le vois plus, il s'est réfugié dans son coin, là-bas au fond, près de la fenêtre, dans la pénombre. Il me laisse seule avec mes perles de verre.

Cela doit ressembler à ça une scène de ménage chez les couples normaux. Ils se disputent quand l'un des deux désire une chose que l'autre ne veut pas, ou ne peut pas lui donner. Alors on s'envoie une phrase définitive, on claque une porte, chambre à part, on perd une soirée, peut-être plus. On s'en fiche, on est riche, riche de temps. Et moi qui n'en

Deux fois par semaine

ai pas, je suis là, à en perdre, à jouer avec un psy à chat perché, à faire comme si, à tricher.

Je me suis refermée ; j'ai plié les bras sur la poitrine, j'ai croisé les jambes l'une sur l'autre, j'ai baissé les cils, descendu le menton comme des stores. Verrouillée.
Seules mes paupières s'entrouvraient pour laisser passer quelques larmes.
– A lundi.

Lundi

– Bonjour.

Je m'installe. Je vérifie que ma combinaison ne dépasse pas, que la bretelle de soutien-gorge ne tombe pas, rien, tout va bien, enfin, de ce côté-là.

Pour la première fois, un bouquet de fleurs est posé sur son bureau. Comme si un peu de vie et de couleur était entré dans cette pièce sombre, à la lumière tamisée. Je me souviens avec quelle fierté je transportais sur la table du salon de mes parents mes savants mélanges de roses et de menthe fraîche, de branches de pommier et de clématite quand j'étais heureuse.

De toute façon aucune composition florale, aucun de ses discours ne m'aidera à admettre la vie.

Seul un changement de diagnostic pourrait

me réconcilier avec elle, m'aider à revenir au temps des fleurs coupées et odorantes, à cette maison du bord de mer que nous habitions près de Fédala.

Le vert s'étendait jusqu'au bout du jardin et, derrière, il y avait la mer, comme si rien ne séparait le bleu du vert.

La nature me manque à Paris. Il y a peu de bleu dans le ciel et pratiquement pas de vert dans la ville. Les bouquets sont ficelés, glacés, emballés dans du papier coloré et la plupart des boutons de rose ne s'ouvriront jamais.

Puis, à supposer que je parvienne à vous donner le matériau pour m'analyser et que vous me sortiez de la camisole dans laquelle je suis enfermée, ce serait pour vivre quoi ?

Qu'est-ce que vous me proposez, docteur ? *Love Story*, mais pour de vrai ? C'est ça ? Dites-moi s'il ne vaut mieux pas rester dans ma semi-vie ou plutôt semi-mort que de guérir pour vivre une insoutenable histoire ?

C'est peut-être la raison pour laquelle je ne vous parle pas.

C'est peut-être la raison pour laquelle vous n'insistez pas.

Deux fois par semaine

Nous avions vingt ans, nous venions de nous marier, nous avions devant nous un océan de bonheur.
Le psy :
– Hum, hum...
Moi, à voix haute cette fois :
– Pouvez-vous répondre à une seule question ? Si je vous parle et que vous parveniez à me guérir, ce sera pour vivre quoi ?
Il s'avance dans son fauteuil, respire bruyamment, se gratte la gorge, signe annonciateur d'une importante tirade, mais rien ne vient, à part cette mise en place, cette mise en bouche.
Les mots sont au bout de sa langue, mais il hésite à les libérer.
Il ne les libère pas.
Je comprends.
Elle n'est pas commode ma question. Et puis, il sait que j'attends sa réponse avec ferveur et appréhension. Il se doute que le soir je retranscris ses mots dans un cahier, à la recherche d'un apaisement impossible, d'une solution qui n'existe pas.
Alors j'exécute mon demi-tour et je

Deux fois par semaine

l'observe ; pas un petit coup d'œil volé, un vrai regard, malgré ma position inconfortable.

Pas de demi-cercle en réponse.

Mais un regard affectueux et profond, l'air un peu désolé et impuissant.

Il me sourit. Pour la première fois il me sourit alors que je dépasse la limite, il ne me réprimande pas, il me laisse venir un peu chez lui.

Il a raison de m'accueillir, je n'abuse pas, je ne reste pas très longtemps sur son territoire, sur son mètre carré de bureau, trop intimidant de le voir me dévisager. En fin de compte, je n'aurais pas aimé être assise en face de lui.

Il penche un peu la tête sur le côté, sans me lâcher du regard.

Je me retourne de moi-même, face au pan de mur blanc.

Chacun chez soi.

Moi :

— Il ne faut pas me guérir, n'est-ce pas ? Mieux vaut garder cette glace qui m'enferme et me sépare de la réalité ?

Deux fois par semaine

Le psy :
— Depuis quand ressentez-vous cette distance ?
Moi :
— La première fois, c'était le jour de l'enterrement de mon père, nous étions au cimetière, je marchais sous les marronniers, quand, à l'intérieur de moi, j'ai senti une déchirure, ce fut brutal, en quelques secondes j'étais séparée du monde des vivants, plus rien ne pouvait m'atteindre, ni le mal ni le bien.
Le psy :
— Puis, la vie est revenue, petit à petit...
Moi :
— Oui.
Le psy :
— La perte de sensation a disparu avec ce que le médecin vous a dit...
Moi :
— Oui.
Le psy :
— Et c'est pire que le chagrin...
Moi :
— Oui.
Le psy :

Deux fois par semaine

— Alors ?

Et il se recule au fond de son fauteuil, me laisse seule avec sa logique, avec ses interrogations. Comme si cela dépendait de moi, de m'accorder le droit de sortie ou pas. De pleurer en étant moi-même ou de rester glacée en n'étant personne.

Puis il s'avance à nouveau.

— La position la plus efficace n'est pas forcément la plus douloureuse.

Je remue la tête en signe de refus. Il y a confusion dans mon esprit. On ne se détache pas aussi facilement de ses réflexes, de son éducation.

— Vous seriez plus efficace si vous vous habitiez...

Il s'adresse à moi lentement, à voix basse, pas tendrement, mais presque, sa tête n'est pas très loin de la mienne, il parle comme on parle à l'oreille.

Je le remercie. C'est gentil de me dire que je peux être efficace.

Je suis émue, mais il se lève, la séance est terminée. Je ramasse mon manteau sur la chaise. En général, je ne traîne pas. Il m'arrive

Deux fois par semaine

même pour gagner du temps de l'enfiler dans la rue. Tandis que je m'oriente vers la porte, encore sous le choc de ses mots, j'entends sa voix, la même qui me parlait avec douceur à l'oreille, me demander :

— Vous ne me payez pas ?

Je prépare toujours un billet de cinq cents francs pour écourter le moment où, debout devant moi, le psy attend son argent. Il n'a d'ailleurs jamais à me le réclamer ; aussitôt levée, je lui tends le billet.

Mais cette fois, j'ai oublié, je ne trouve même pas le billet au fond de ma poche.

Rien dans ma veste, j'ouvre mon sac, remue le fatras habituel, lunettes, carnet de chèques, non pas pour lui, clefs, crayons... carte d'étudiant, pas de porte-monnaie :

— Je n'ai pas pris d'argent...

Il attend comme si, là aussi, il y avait un enseignement à tirer. Qu'il n'ait aucun sentiment pour moi, que son écoute ne soit que professionnelle, qu'il m'accorde trois quarts d'heure, pas une minute de plus, parce que je le paie, je le sais. Il n'a pas besoin d'insister.

Il insiste pourtant.

Deux fois par semaine

Voilà le prix à payer parce qu'il m'a souri, parce qu'il m'a dispensée de son demi-cercle, parce qu'il m'a parlé et que son intonation était plus douce qu'à l'accoutumée, parce que pour la première fois il s'est montré plus aimable.
Pas de confusion.
Si j'avais cru à un fléchissement, je me serais trompée.
Je m'excuse, gênée.
Pas lui, il est très à l'aise dans le rôle du créancier, magnanime, même :
— Vous me payerez la prochaine fois.

Jeudi

Vous auriez pu être un professeur de vie, me donner des leçons de sagesse, m'enseigner ce que mon père n'a pas eu le temps de m'apprendre.
J'ai dressé une liste.
Vous trouvez ça bizarre, une liste ? J'ai noté en vrac ce qui me passait par la tête. Je perds tout ce que je ne note pas.
– Voulez-vous que je vous lise...
Pas de réponse.
Cela ne se fait pas ? Trop préparé... Contraire aux conventions ?
Entorse à vos principes ?

Depuis le début, les mots ne me viennent pas spontanément. Rien n'est naturel ici et vous voudriez que je le sois ?

Deux fois par semaine

La liste ressemble à une sorte d'inventaire, c'est important de savoir ce que l'on a en boutique. Alors comme un comptable, j'ai établi deux colonnes. Dans l'une, j'ai marqué ce que je sais, dans l'autre ce que je ne sais pas. J'aurais pu répertorier ce que j'aime et ce que je n'aime pas. J'aurais aligné des états d'âme, des sentiments comme des boîtes de conserve. Mais ça ne fonctionnait pas bien.

La vie disjoncte en moi, même ici, devant vous, elle ne tient pas. Il fait nuit. Le filet de lumière qui, hier, éclairait mon chemin s'est éteint. La liste est périmée. Qu'est-ce que j'aimais ? Mes goûts s'en sont allés. Ce que j'aimais n'existe plus. Le bonheur recèle toujours une part d'insouciance, le malheur de constance.

Reste le mauvais : je me souviens avoir détesté la robe de communiante qui me faisait ressembler à une mariée, les premiers soutiens-gorge, les oiseaux morts, l'odeur du gibier ensanglanté que mon père tuait, le dernier jour de l'école, les dix-huit ans de mon cheval, la

Deux fois par semaine

fin du printemps, les fleurs fanées sur l'amandier du jardin, la fin des pivoines, la fin des vacances aussi, la fin...

Depuis que le futur est obstrué, le passé ne m'intéresse pas et le présent n'existe plus. Comme si tout était lié. A quoi bon vivre l'instant ? Le temps est devenu comme une horloge fatiguée, les aiguilles continuent de marquer l'heure, mais avec retard.

Je sais pourtant que l'amour est au-dessus de tout, je sais qu'il est important de se connaître pour pardonner aux autres, que toute ma vie je continuerai à vouloir comprendre. Que cela ne change rien. Je sais que je vais souffrir, que c'est inéluctable, qu'à trop me préparer à cette souffrance, j'ai gâché les moments qu'il restait. Mais je n'ai pas pu faire autrement. J'aurais voulu, je n'ai pas pu. Je sais que l'existence n'est qu'un court espace de temps entre la vie et la mort, tout le monde y pense, personne n'y croit vraiment.

Soudain, le psy m'interrompt d'un grattement de gorge sonore, suivi de ces mots :

Deux fois par semaine

— Qui vous aimait malheureuse ?

La phrase résonne en moi longtemps après qu'il l'a prononcée. La question est insolite, jamais je n'avais associé l'amour au désir de rendre malheureux.

Les mots se retournent contre moi. Il existe certaines portes qu'il vaut mieux ne pas ouvrir. Voilà, ce doit être un de ces voyages que les psychanalystes incitent à entreprendre pour comprendre ce qui fait mal. Il est probable que je préfère la douleur au voyage, l'inconnu au chemin des souvenirs oubliés.

Je réponds :
— Je ne sais pas.
Le psy, autoritaire :
— Faites un effort.
Je me tais, coincée.
Le psy :
— Comment voulez-vous avancer ?
Soupir, réponse forcée :
— J'ai été ni battue ni violée...
Le psy :
— Le traumatisme est indépendant de la gravité des faits...
Ses mots me bouleversent mais m'autorisent

Deux fois par semaine

à répondre pour la première fois à une question qu'il me pose.

— Ma mère me donnait un surnom ridicule, cela la faisait rire et moi pleurer. J'entends encore son rire résonner dans ma tête.

Le psy :

— Quel surnom ?

Silence.

Comme je ne dis rien, il retourne dans la profondeur de son fauteuil.

Léger grincement vers la gauche, il est probable qu'il s'offre un coup d'œil sur la Seine. Les reflets des réverbères sont éblouissants à cette heure-ci, probable que le mouvement de l'eau le berce et l'apaise puis, du fond de son fauteuil Knoll, il revient vers moi.

Le psy :

— Et que se passait-il quand vous pleuriez ?

Moi :

— Elle m'embrassait.

Le psy :

— Tiens, tiens ! dit-il avec l'intonation de quelqu'un qui est heureux de sa trouvaille.

Il insiste :

Deux fois par semaine

— Donc, vous aviez intérêt à être malheureuse... ?

Ces mots me rappellent quelqu'un mais je ne peux pas m'identifier à cette personne, c'est impossible.

Le nez plongé dans ma liste :
— Je continue ?

Silence.

— Vous préférez ne pas me répondre ?

Il voudrait que je m'engouffre dans mes souvenirs, que j'extirpe encore quelques cicatrices du brouillard de mon enfance, comme si les progrès étaient à ce prix, mais je ne peux plus aller de ce côté-là. Des blessures, j'en ai assez comme ça.

Pardon.

Alors, j'attrape mon petit bout de papier fripé et je poursuis ma lecture :
— Ne pas s'habituer au bonheur de peur qu'il s'arrête. Ne pas montrer. Ne pas dire.

Encore un demi-tour de fauteuil Knoll, vers la droite cette fois, côté mur, moins grinçant et moins spectaculaire que le gauche. Il faut varier les plaisirs, ne pas tomber dans la manie, mais dans le manège. Un manège qui s'installe

Deux fois par semaine

derrière mon dos. Il écoute. Il écoute toujours. Cet homme est une oreille. Une immense oreille.

Il aspire les mots comme une cheminée la fumée.

Je dis encore :
– Pardon, je ne peux pas répondre à votre question.

Je pourrais passer ma vie à m'excuser.
Il dit :
– Pardon, pourquoi pardon ?

Lundi

— Bonjour !
Je m'allonge, il s'assoit.
Les fleurs dans le vase sont fanées, mais elles sont encore là. Moi aussi j'attendais que les pétales se détachent avant de me séparer d'un bouquet.
Ma robe découvre un peu mon genou et je m'en fiche.
Il se gratte la gorge violemment ; probable signe de mécontentement. Qu'ai-je fait de mal ?
Aucun haussement de voix jamais n'a aidé mon père ni ma mère à obtenir quoi que ce soit de moi.
Depuis que je suis partie, jeudi dernier, la question de savoir « qui m'aimait malheureuse » ne m'a pas quittée. Elle est restée en suspens, au-dessus de ma tête. On ne se débarrasse pas facilement de telles interrogations.

– Je ne fais pas exprès d'être malheureuse, je le suis.

Il rit.

Je ne rêve pas, je l'entends se gausser tranquillement derrière moi :

– Vous ne prenez pas de risque.

De quoi parle-t-il ? De quel risque ? Le risque de ne pas être aimée ? Il me pousse dans mes retranchements.

Je hausse les épaules, ses raisonnements sont trop sophistiqués pour moi. Je les comprends mais ils ne m'atteignent pas.

Je continue :

– Mon grand-père, qui était un résistant, m'avait raconté sa nuit de condamné à mort ; il devait être exécuté le lendemain et il avait dormi. « Que faire d'autre ? » disait-il...

Pas même un « hum » qui, dans la pauvreté ambiante, deviendrait un trésor.

Mon grand-père ne l'intéresse pas, les héros non plus.

Ici, moi seule suis un sujet de conversation. J'ai loué un espace de temps ; trois quarts

Deux fois par semaine

d'heure, deux fois par semaine. L'espace m'est réservé : reste trente minutes.

Une demi-heure peut contenir l'histoire, les douleurs et les secrets d'une existence. Il suffirait de quelques mots, quelques minutes, pour s'alléger d'un fardeau.

Quelle que soit la qualité de l'écoute, est-ce que cela suffirait à changer ma vie ? Je n'y crois guère, le combat est perdu d'avance.

Pour combattre, nous n'avons pas d'autres outils que les mots. Il n'y a ici ni affection ni compassion. Pas de bras dans lesquels se réfugier, aucune épaule sur laquelle poser sa tête.

Quai aux Fleurs n'est pas la bonne adresse pour la tendresse.

Parfois je disais : « Vous ne pouvez rien faire, n'est-ce pas ? Ma vie est triste, un point c'est tout. »

Il devait être d'accord avec moi, parce qu'il ne répondait pas. Mais il n'interrompait pas la cure pour autant.

— Il faudrait arrêter le temps. Le temps n'apporte rien de bon. Fixer, bloquer, garder tous ceux que l'on aime, ne pas les laisser sortir, courir, voyager, partir, grandir. Et les aimer, assuré de leur fidélité, de leur longévité, de leur immortalité. Impossible ?

Le psy :

— L'idéal est une manière de bouder.

Moi :

— Bouder la vie ?

Lui :

— A votre avis ?

Moi :

— Hum...

Voilà que j'attrape ses tics, tandis qu'il se balance doucement de gauche à droite, comme un cheval dans son box.

Moi :

— Je sais que les rencontres sont les plus beaux cadeaux de la vie.

Le psy :

Pas de réponse.

J'insiste :

— J'ai eu de la chance, j'ai reçu ce cadeau... mais à peine l'ai-je reçu, que je risque de le perdre.

Le psy :

Pas de réponse.

Deux fois par semaine

Moi :
— Il faudrait vivre l'instant, n'est-ce pas ? C'est difficile... Même quand tout allait bien, je ne savais pas. C'est peut-être la première chose que l'on devrait apprendre aux enfants.

J'aurais voulu m'assurer que la terre n'allait pas trembler avant d'y poser un pied.

Mais la terre a remué avant que j'apprenne à marcher.

A peine mariée, deux blouses blanches se sont dressées en travers de ma route : plus de projets, plus d'avenir, la vie de votre mari est menacée. Les criminels savent pourquoi ils sont condamnés, pas les malades. J'ai parfois l'impression d'avoir emprunté la mauvaise route, un raccourci qui trop vite m'emmène vers la dernière étape, la fin. Alors docteur, vous voulez me « guérir », que je m'habite à nouveau, que je revienne dans ma vie, dans mon corps ? Pour vivre quoi ?

Si vous parvenez à répondre, si vous me donnez des arguments qui tiennent debout, qui valent le coup, je prendrai peut-être le risque de vivre.

Le psy :

Deux fois par semaine

Pas de commentaire.
Moi :
— C'est une réponse ? Négative ?
Lui :
Silence.
Moi :
— Je ne sais pas s'il va vivre.
Existe-t-il plus que le silence pour traduire l'absence de bruit ? Cette fois, au silence s'ajoute l'immobilité. Pas un geste, pas un son, le temps est suspendu. Presque parfait. Dans quelques minutes, ce sera la fin de la séance.
Le psy ne répond rien, pas le moindre petit grattement de gorge qui aurait pu me donner une indication, rien.
— Et vous, vous ne savez pas ? Vous ne savez rien d'important, alors ?

Il se lève.

Je lui dis :
— Je vous dois deux séances.

Lundi

— Jeudi dernier, après vous avoir quitté, je suis partie en Autriche. J'ai été à Vienne comme les croyants vont à Lourdes...

Après avoir dit ça, juste après, je me retourne pour vérifier sa réaction. Evidemment on ne prononce pas innocemment le mot de « Vienne » dans le cabinet d'un psychanalyste.

Je me retourne parce que je veux voir s'il a ri.

S'il se moque un peu de moi, mais il ne rit pas comme maman, elle seule riait à mauvais escient. Il a l'air sérieux, le coude posé sur le genou, son costume sombre aussi plissé que son front.

— Je dis Lourdes, mais cela pourrait être La Mecque ou Jérusalem.

Deux fois par semaine

Puis, à mi-voix, à peine audible, mais sur un ton déterminé :

— J'ai été chercher la solution aux problèmes que vous ne résolvez pas.

Première attaque.

Pas de réaction.

Explication :

— C'est si douloureux d'ouvrir les yeux tous les matins sur le néant. Et si étrange, quand on a l'air d'aller bien, d'être montée dans le train de la vie, alors qu'on n'y est pas.

Vous êtes, paraît-il, un des meilleurs dans votre spécialité et vous n'arrivez pas à me tirer du néant, je ne vous demande pourtant pas des miracles. Je vous demande juste de me sortir un peu de derrière cet écran de glace, le temps de me redonner quelques sensations de vivante, de reprendre quelques forces. A moins que je ne sois incurable. Que cette maladie ne se soigne pas. Pour ne gêner personne, j'ai appris à faire semblant.

Pause.

Je me tais pour reprendre ma respiration, tant l'angoisse me serre la poitrine et m'oppresse. Pas un seul bruit, un seul mot, une

Deux fois par semaine

seule aide de sa part. Il demeure attentif et muet, comme à l'opéra, entre deux chants, il connaît le répertoire, il sait que je n'ai pas fini, que je dois reprendre mon souffle avant de pouvoir continuer :

— J'ai appris à accepter le désaccord intérieur comme une fatalité. Certains naissent avec la vie en eux, d'autres pas. C'est une infirmité, comme naître sans bras, mais ça se voit moins.

Pause.

J'ai redémarré trop vite, encore un temps de respiration, les yeux fermés.

— Le divan de Freud semblait plus confortable que le vôtre, je ne sais pas si on a déjà osé vous le dire mais le vôtre est assez dur, il faut un certain temps pour s'y habituer. Chez Freud, il y avait un véritable oreiller pour poser la tête, un autre pour surélever les pieds et une couverture pour se réchauffer. Son siège était placé plus près du divan que le vôtre, sa proximité était donc plus grande avec ses patients et ses méthodes plus variées. Il n'hésitait pas à utiliser d'autres moyens, un pendule qu'il agitait sous le nez des patients quand l'analyse se révélait infructueuse. Il avait plus d'un tour

Deux fois par semaine

dans son sac. Pourquoi vous ne m'hypnotiseriez pas ? Je voudrais dormir longtemps, flotter, entrer en un état cataleptique, en transe, m'abandonner enfin, devenir une autre et me réveiller loin de ce cauchemar.

Je ne sais pas ce qu'il me prend ; pourquoi je l'accable, quelque chose s'est brisé au fond de moi et les mots se pressent.

– Mais ce serait un leurre, n'est-ce pas ? L'hypnose, l'endormissement et tout le bazar, juste une vision tronquée de la réalité, la maladie continuerait d'exister et quand elle n'existera plus c'est que ce sera fini, n'est-ce pas ? Vous pouvez changer l'angle de vision, pas le paysage, et il n'y a pas de bon angle pour certains événements.

Impossible de se dire que c'est bien, que l'on va gagner en profondeur, ou en expérience. Non, il n'y a rien de bien à gagner, de quelque côté que l'on prenne le tableau. Le tableau est sombre. Un voile noir le recouvre.

Il écrivait lui aussi, comme vous, j'entends parfois votre plume gratter sur le papier. Est-ce que je vais devenir un syndrome, un cas ? Est-ce que mon nom illustrera désormais un

Deux fois par semaine

type de névrose ? Comme il y eut l'histoire d'Anna O., le cas de l'homme aux rats, il y aura le mien, répertorié dans un bouquin... ?

Je glisse vers l'avant, de façon à m'éloigner de lui ; ma nuque ne repose plus tout à fait sur le siège, je rentre la tête dans les épaules, je plisse les paupières comme si j'avais lancé une bombe et que je redoutais la déflagration.

Il s'approche, je l'entends.

Il avance dans son fauteuil jusqu'au bord. Cette fois, il est aussi près de moi que Freud l'était de ses patients.

Il se racle la gorge.

Dans le barème que j'ai établi, un raclement de gorge vaut moins qu'un « hum », mais vaut quand même un peu.

Cela signifie qu'il veut en savoir plus, que le sujet l'intéresse. Normal. On n'avance pas de tels pions pour en rester là. J'ai envie de m'excuser, mais je sais que cela ne servirait à rien, parce qu'il ne doit pas être réellement fâché.

Je continue :

Deux fois par semaine

— J'ai donc été visiter le cabinet de Sigmund Freud.

Echo : le borborygme habituel.

Traduction : « Alors ? » ou : « Pourquoi ? »

— Je suis allée à Vienne, parce que j'ai l'impression que seul Freud aurait pu me comprendre et me soigner.

Classique ? A ce stade de l'analyse, ils font tous ça les analysés, ou je suis la seule ?

Il soupire.

Un soupir vaut moins qu'un raclement de gorge et un peu plus qu'un « hum. »

Petit rire, immédiatement réprimé et retenu. Il a ri à cause de ma manière de dire les choses, c'est presque un rire de politesse, il a ri parce que je le lui ai demandé, en quelque sorte. Puis, furieux d'avoir cédé à mon désir, il se rétracte et replonge dans son cher silence.

Silence, donc.

Auquel j'oppose immédiatement un autre silence.

Voilà, on est bien avancés avec sa méthode.

Silence.

Rebelote.

Silence.

Deux fois par semaine

Il ramasse la mise.
Il est trop fort à ce jeu, je cède, je montre :
— Freud est mort. Je sais que les plus grands génies finissent par mourir eux aussi. Mais je sais qu'ils laissent parfois derrière eux une traînée de lumière.
Je suis allée chercher la lumière.
Je l'entends se frotter les mains, c'est assez facile de reconnaître le bruit de la peau quand on la frictionne.
De ne pas le voir m'a rendue experte en sons les plus divers : clapotis de l'eau en bas de son bureau, cliquetis de son stylo, crissement de papier, gargouillement de ventre, frottement de la lime sur les ongles, la liste est longue.
— Hum, hum...
Non, non, je ne vous oublie pas, je suis bien décidée à dire ce qui ne va pas, aujourd'hui.
— Freud, vous soigner... Pas moi... pourquoi ?
Il est vexé, peut-être l'ai-je même blessé ?
A moins que je prenne mes désirs pour des réalités et qu'il ne soit ni l'un ni l'autre.
D'ailleurs, il reprend mes mots, sans ajouter les siens, il veut que je commente, que je déve-

Deux fois par semaine

loppe, que j'enrobe, que je continue, que j'explose enfin, que je me contorsionne vraiment, que je me démasque, que j'éructe, que je bouge, que je hurle, que je lui reproche son immobilisme, son inefficacité, le temps perdu, puis il interprétera, il dira que cette explosion est de bon augure, que c'est un pas vers la libération, que j'ai progressé, qu'il faut se réjouir de cette perte de contrôle, de cette ingratitude, de cette révolte.

– Allez..., dit-il.

Il me relance, c'est un comble, il n'a peur de rien, surtout pas des mots. Il les affronte dans son cabinet comme le gladiateur bravait les lions dans l'arène.

Il a connu les plus cruels, les plus vicieux, les plus sournois, les lapsus les plus bavards, les blancs les plus parlants, il en a entendu des obscénités, des perversités, des indécences et des grossièretés. Il sait déjouer les pièges des homonymes, traduire les onomatopées ; il fouille la syntaxe, lit entre les lignes. Et, malgré tout ce savoir-faire, il ne parvient pas à me soigner.

Deux fois par semaine

— Vous voyez bien que vous n'y arrivez pas avec moi.

Je dis ça parce que je n'ai plus rien à perdre. Depuis quelques jours, mon état s'aggrave, j'ai de plus en plus l'impression d'être un animal peureux tapi au fond d'un trou qui ne pourra plus jamais sortir de sa prison. Venir chez vous est devenu une épreuve. J'arrive à peine à marcher. Il y a des matins où j'ai l'impression d'avoir été trempée dans une cuve de ciment, je suis statufiée.

Il se tait, il sent bien qu'à la façon que j'ai de torturer le col de ma veste d'autres reproches se bousculent dans ma tête.

Puis il demande :

— Et lui, Freud, serait arrive à vous soigner ?...

Je réponds en essuyant quelques larmes avec le revers de ma manche en laine :

— Oui.

D'une voix douce, pas du tout la voix d'un homme blessé par ce que je viens de lui dire, mais plutôt une voix compatissante, il me demande :

— Qu'avez-vous fait à Vienne ?

Deux fois par semaine

— Je logeais dans un vieil hôtel, près du 19 Bergstrasse. J'ai retrouvé l'itinéraire de la promenade de Freud et Stefan Zweig, vous savez, quand Freud lui confesse qu'il aurait préféré être romancier et Zweig, psychanalyste. J'ai marché en boucle, pour être sûre qu'à un moment donné nos pas aient foulé le même sol.

Puis, je suis montée chez lui, je suis restée des heures dans l'ambiance confinée de son cabinet, qui ressemble au vôtre, cela n'a pas pu vous échapper... Tissu vert foncé, surcharge d'objets, de gravures, de livres, de statuettes antiques, j'ai caressé son drôle de fauteuil en cuir, je me suis approchée du divan, qui avait l'air aussi rugueux que le vôtre et, pourtant, j'étais transportée, en lévitation... Sans rire et sans exagérer, comme si nous étions au début du siècle et que j'étais en analyse avec le maître. Il a guéri Marie Bonaparte, Lou Andreas-Salomé. Pourquoi pas moi ?

Pas de réponse.

— J'aurais voulu voir sa chambre mais, au bout du couloir, un panneau indiquait en plusieurs langues que l'accès en était interdit.

Deux fois par semaine

Est-ce que vous vous êtes aussi autoanalysé ? Ou avez-vous eu recours à un thérapeute aussi silencieux que vous ? Dites-moi ? Est-ce que des émotions ont contribué à libérer votre imagination ? Est-ce que vous avez un ami aussi proche que Fliess ? Est-ce que vous possédez vous aussi la faculté innée de vous critiquer ? Est-ce que vous êtes fort, au point de vous foutre des éloges et des blâmes et que rien ne peut influencer la connaissance que vous avez de vous-même ?

Les questions me viennent par dizaines. Je respecte la règle fondamentale selon laquelle « le patient ne doit en aucun cas dissimuler ses pensées ». M'en veut-il ? Pas le temps de me poser la question, à peine ai-je fini de parler qu'il me demande :

– Pourquoi auriez-vous aimé voir sa chambre ?

– Par intérêt historique, parce que je me rends chez vous et que rien n'avance et que je m'intéresse à lui.

– A lui ?

Deux fois par semaine

— Vous voulez dire qu'à travers lui, c'est vous que j'essaie de comprendre ?
Silence.
Je sais maintenant que ses silences sont des réponses. Dans ce cas précis, je peux même le décrypter ; ce silence-là veut dire : « Va, va plus au fond, fais un effort, je te laisse toute seule, tu dois nager sans moi », et j'ai l'impression qu'il enlève sa main de dessous mon ventre et m'abandonne dans une mer d'interrogations.
— Vous faites fausse route. C'est Freud qui m'intéresse, pas vous. J'ai acheté un portrait de lui, par Ferdinand Schmutzler, une copie de 1926. Il a cet air fascinant de ceux qui croient à l'improbable, à l'inattendu. Je l'ai posé, comme un membre de ma famille, sur ma table de nuit, dans un cadre anglais en métal argenté.

Silence.
Je ris un peu.
Il ne bronche pas.
Silence.
Je ris tant la situation me paraît cocasse.

Deux fois par semaine

Silence.

– Je fais mon transfert avec Freud, c'est ça, pas avec vous ?

Soudain, sa voix retentit :

– Vous croyez ?

Encore une de ces choses qu'il dit à peine, mais qui arrivent à maturation. « Vous croyez ? » a-t-il dit.

Et moi, je pense que la dernière phrase d'une séance n'est jamais anodine.

Il se lève, d'un geste m'indique mon manteau :

– A lundi.

Lundi

Habituellement je suis seule dans la salle d'attente. J'arrive toujours à l'heure, jamais en avance, jamais en retard, à l'heure juste. Un exercice de précision ; un calcul qui tient compte de la circulation, du temps, du jour. J'ai extirpé un pull lie-de-vin d'une montagne de vêtements. J'ai pensé que cela lui plairait de me voir porter cette couleur chaude, qu'il penserait que je vais mieux, que son traitement n'est pas aussi nul que j'ai bien voulu le lui faire croire. Pour m'excuser et ne pas trop le décourager.

J'attends toujours quelques minutes de plus le lundi. Pas grand-chose, juste quelques minutes. Est-ce la faute de la femme aux talons aiguilles ? Elle cherche son portefeuille, elle aussi a du mal à enfiler son manteau, tandis

Deux fois par semaine

que lui, debout devant elle, s'impatiente ? A moins que le retard ne soit une spécialité du lundi, une manière de mettre le patient en condition pour toute la semaine. Mon pouls commence à s'accélérer, loin de me rassurer, son apparition imminente m'affole : « Un transfert avec Freud, vous croyez ? » avait-il dit, sûr de lui. Prétentieux !

Cinq minutes se sont écoulées, quelques magazines périmés stagnent sur une table basse, de toute façon, dans l'antichambre du psy, personne ne lit, tout le monde réfléchit à ce qu'il va dire : « le travail » commence là.
Soudain, la porte s'ouvre, pas celle du psy, celle qui dessert l'entrée : « S'il vous plaît », dit la femme de maison, selon sa formule habituelle et un homme fait irruption.
Il a l'air aussi surpris que moi, de me trouver là.
On se regarde à la recherche d'une explication, mais ni l'un ni l'autre n'en fournissons une.

Deux fois par semaine

Nous nous taisons. Il n'a pas le choix : il ne reste qu'un fauteuil, un faux Louis XVI en bois peint, blanc cassé craquelé, une horreur dont personne ne doit vouloir dans la maison et qui a atterri dans la salle d'attente.

L'homme s'installe près de moi. Il est brun, une trentaine d'années, habillé comme un banquier.

Séduisant ? Je ne sais pas. Je ne vois pas les hommes.

Il n'a pas l'air d'un malheureux, il doit penser la même chose de moi.

Existe-t-il une attitude de désespéré ?

Nous regardons nos montres, exactement au même moment. Et comme nous nous apercevons de la similitude de nos gestes, nous nous sourions.

On pense la même chose.

Le psy a du retard. Beaucoup de retard puisque nous ne sommes pas censés nous rencontrer.

Il a compris que j'étais la patiente qui le précède. Peut-être pense-t-il : « Tiens, voilà celle qui met un parfum à la rose ? » A moins qu'il n'ait remarqué autre chose. Mais il ne dit

Deux fois par semaine

rien, il a juste l'air gêné, avec sa tête tournée du côté opposé au mien pour m'éviter. Notre psy a commis une erreur.

Il doit calculer qu'il lui reste encore à attendre la fin de la consultation en cours, plus la mienne : une bonne heure. Et il est furieux.

Quelques bruits de pas sur le dallage de l'entrée, salutations étouffées, le psy dit : « Au revoir. »

Il claque la porte de l'entrée, retourne dans son cabinet, encore une porte à fermer. A peine le temps de changer le kleenex de la tête du lit, d'aérer un peu, de rallumer un bâtonnet d'encens, qu'il faut rouvrir la double porte qui sépare le cabinet de la salle d'attente et faire entrer le nouveau patient. Recommencer le circuit une bonne dizaine de fois par jour, avec des haltes assis derrière ou devant le patient, c'est selon.

Son petit ménage terminé, il pousse le battant, le visage baissé, déjà concentré, prêt à écouter. Il attend. Mon voisin et moi nous regardons, ni l'un ni l'autre ne bouge.

Deux fois par semaine

Le psy s'arrache à ses pensées et pose un regard trouble sur nous. Il recule un peu, surpris de voir deux personnes dans sa salle d'attente.

Il fixe mon voisin, puis il me fixe à mon tour, la tête légèrement penchée... Il comprend qu'il s'est passé quelque chose d'anormal. A voir son air, j'ai l'impression d'être de trop. D'ailleurs, il demande à mon voisin de patienter « juste quelques instants » et il m'invite à le suivre dans son bureau. Je passe devant lui, il s'efface comme d'habitude, referme. C'est seulement quand nous sommes seuls, que les doubles portes sont bien verrouillées, qu'il me dit :

– Vous vous êtes trompée de jour...

Et comme j'ai l'air vraiment surpris, il ajoute : « Ça va ? » comme s'il s'attendait à des événements nouveaux, pas forcément joyeux, et qu'il m'autorisait à les confesser, hors analyse.

Les yeux baissés, je le remercie de sa sollicitude.

Je réponds : « Ça va. » Oui, j'ai répété sa formule en changeant l'intonation simplement.

Deux fois par semaine

Il n'y croit pas, il attend un peu, comme s'il redoutait autre chose.

Mais je n'ajoute rien, pas un mot.

Alors, il se penche sur son bureau, feuillette un carnet et me signale sans me faire de reproche que :

« Nous, c'était hier à quatorze heures trente. »

Il m'arrache un sourire.

– C'est gentiment dit.

J'enfile mon manteau.

Il attend tandis que je me débats avec les manches. Il y a des manteaux aux emmanchures plus étroites que d'autres. La complexité s'accroît quand on vous observe.

Il me raccompagne vers l'entrée, allume le palier, me recommande de faire attention en descendant, quand je m'entends lui dire :

– Les médecins vont tenter une greffe de la moelle...

Il me regarde en silence. Rien à voir avec un silence sans regard. Ses yeux n'ont plus besoin de mots.

Les larmes me montent aux yeux, il a l'air troublé, sa main frôle mon épaule, mais je suis déjà trop loin pour qu'elle la touche.

Deux fois par semaine

Je le sens prêt à me dire de remonter, mais je m'engouffre en larmes dans l'escalier. Et tandis que je descends, je l'entends dire :
— Vous pourrez m'en reparler la prochaine fois... ?

Jeudi

Le silence règne dans le cabinet.

Un silence épais, écrasant, qui nous anéantit un peu tous les deux.

Il faut que je sorte seule du silence, le silence m'englue.

Il y a quelque chose de physique, de sportif presque dans l'effort de parler.

Une douleur à dépasser, comme dans la course à pied, une douleur qui se transforme en quelque chose de différent.

La fois dernière j'ai eu l'impression d'avoir franchi une barrière, de m'être fait violence et que, dans cet effort suprême, comme une championne de saut en hauteur, mes pieds sont passés au-dessus de la barre. Aujourd'hui, je me « défausse », comme on dit des chevaux qui refusent l'obstacle.

Deux fois par semaine

Il tousse.

Fausse toux, il n'est pas enrhumé. Sa toux n'est ni grasse, ni sèche, son nez ne coule même pas, il n'éternue ni ne se mouche, il tousse, donne de la voix, montre l'exemple selon son habitude pour que je le suive... Je ne tombe pas dans ses pièges, je connais le manège, il veut m'entraîner, je l'entends encore : « Vous m'en reparlez la prochaine fois... »

Il devrait reprendre sa phrase en entier ou répéter la mienne : « Tenter une greffe de la moelle... », il ne la prononce pas, même s'il ne pense qu'à ça. Ils ont aussi employé les mots « trocart » et « ponction ». Mais ces mots-là, je ne peux pas les répéter, je ne pourrai jamais.

Je guérirai mieux si les mots viennent de moi. C'est la règle, ici. Je dois faire l'effort, pas lui. Absurde. On n'en est plus là.

Oublions les règles. Il y a plus urgent que moi et la psychanalyse. D'ailleurs cela ne sert plus à rien de sortir de derrière la vitre, de guérir. Pourquoi ? Vous n'allez pas m'ouvrir les yeux pour fermer les siens ?

Deux fois par semaine

Je respire et, dans un souffle, glisse un flot de mots :
— Certains événements sont assez forts pour modifier une personne. La douleur m'a façonnée.
Le psy, le visage pas très loin du mien :
— Tout sert.
Moi :
— Le malheur ne sert à rien.
Le psy :
— Tout dépend de ce que vous en faites.
Je hausse les épaules...
Lui, la voix douce :
— Vous parlez comme si vous aviez choisi les épreuves. Toujours ce sentiment de toute-puissance qui vous rend coupable. Vous préférez que ce soit à cause de vous, plutôt que l'idée de subir...
Moi :
— Vous me grondez ?
Je souris en lui posant cette question, lui aussi, je sais quand il sourit derrière mon dos. Je tends la main en arrière, comme s'il pouvait l'attraper, je me rétracte aussitôt.
Il s'est levé. Je l'ai suivi, j'ai ouvert mon sac,

Deux fois par semaine

sorti mon billet, je le lui ai tendu, mais il n'était plus là comme à l'accoutumée, la main posée sur la poignée de la porte, l'autre tendue pour recevoir son argent. Il était derrière son bureau, le nez plongé dans son agenda, occupé à tourner quelques pages ; puis il a relevé la tête, le regard flou, un peu perdu, il a dit :

— Je pars trois semaines en août, lundi prochain sera notre dernière séance avant les vacances.

Puis il m'observe avant de refermer son agenda.

Je ne bouge pas, j'ai toujours du mal à laisser paraître mes émotions.

De toute façon, je savais bien qu'il partirait même si j'avais besoin de lui. Tout le monde part. La vie est faite d'une succession de départs, de permissions, de séparations, de ruptures, de fins. « Tout a une fin », disait ma mère quand nous devions quitter le jardin aux bougainvillées, la grotte aux coquillages et Kid, mon cheval.

Le psy, la voix rassurante :

— Je reviens le vingt-neuf, c'est un samedi, mais je pourrai vous voir si vous voulez.

Deux fois par semaine

Je lui adresse un sourire, un pauvre sourire de reconnaissance avec toute la force qu'il me reste. Je me sens épuisée, pas seulement parce que j'ai maigri, ni parce que je ne dors plus très bien. Epuisée de porter quelque chose qui me dépasse.
Un samedi ?
Je le remercie.
Il attend, il ne me brusque pas, quand je l'observe à mon tour je le trouve fatigué lui aussi. Les cernes sous ses yeux se sont creusés et, pour la première fois, l'idée qu'il a hésité à me prendre en analyse parce qu'il est vieux, que les vieux psys finissent les analyses en cours et ne prennent pas de nouveaux patients, me traverse l'esprit. Peut-être que H.T.R. avait voulu m'épargner : il existe tant de façons de partir.
Il dit :
— On se revoit encore lundi...
Je souris, à cause du « encore » et je le remercie. Et je lui dis, je ne sais pas trop pourquoi : « J'ai réussi ma maîtrise avec une mention. »

Deux fois par semaine

Pas un mot, mais ses yeux disent : « bravo ».

Mon billet est resté plié au creux de ma main.
J'ai oublié de lui donner, lui de me le réclamer.

Lundi

Il pousse la porte de la salle d'attente, je suis seule, assise dans le fauteuil en faux Louis XVI, le visage plongé entre les mains, recueillie comme dans une église.

J'ai la gorge serrée. Ce n'est pourtant pas si long, trois semaines de vacances, et je ne vais pas mieux depuis que je le consulte, alors pourquoi cette inquiétude ? Un lien mystérieux et suffisamment fort m'attache à cet homme pour que je redoute son absence. Il est debout devant moi, une mèche rebelle sur le front, appuyé sur la poignée de la porte, il m'observe en attendant que je me redresse.

Je relève la tête doucement, le regarde, éblouie, pas par lui, mais par la lumière après les minutes d'obscurité au creux de mes mains. Il est étonné que je ne me presse pas plus, avec cette histoire de vacances, le compte à rebours a commencé, autant ne pas perdre de temps et passer en revue les difficultés avant de m'abandonner.

Je me hisse, le dos me tiraille, il n'y a d'ailleurs pas que le dos. Je m'achemine vers le canapé à petits pas, pour sortir les petits mots qui devraient me guérir. Mais comme d'habitude tout ce que je voulais lui dire s'est effacé de ma mémoire.

Je m'allonge, l'esprit vide.

Il s'assoit, plein de vigueur.

– Allez..., dit-il, tout de suite, sans perdre de temps.

Son genou commence de s'agiter derrière mon dos. Une boule d'énergie, aujourd'hui, mon psy. Nous avons trois quarts d'heure pour tout élucider, tous les mystères, toutes les névroses, sécher toutes les larmes et exaucer quelques vœux au passage. Trois quarts d'heure, encore.

– Allez...

Dans ce langage codé qui est le sien, « allez » marque plus de détermination que « hum ». Il

Deux fois par semaine

s'engage, même si le terme reste vague. « Allez » signifie : « Vas-y, parle, dépêche-toi. »

Malgré le temps compté, malgré les vacances qui se profilent à l'horizon, malgré l'inquiétude qui en résulte, je ne parviens pas à y « aller », je demeure, frileuse, sur la rive sans oser plonger. Silence.

Le silence n'est pas seulement une attitude. C'est une porte qui s'entrouvre sur un autre monde. Si je la franchis, je serai murée, bâillonnée, immobilisée, cernée, absente.

Il sait. Cette fois, il anticipe :
– Pourquoi des bas rouges ?

Je me retourne pour vérifier qu'il ne plaisante pas. Mais non, il est très sérieux, il avance le menton pour m'indiquer une fois encore qu'il faut se dépêcher, que l'ordre du jour est chargé aujourd'hui et que si je le mérite, il est prêt à me donner quelques-unes des clefs qu'il m'a toujours refusées. Il est prêt, semble-t-il, à m'offrir un trousseau pour les vacances.

Tout de suite des bas ! Alors qu'il s'agit d'une simple paire de collants... Des bas, monsieur le psy... vous fantasmez !

Pourquoi parler de cette paire de collants,

Deux fois par semaine

de couleur un peu vive, j'en conviens, mais juste un caprice, une mode, peut-être un peu plus, mais à peine, disons qu'en approfondissant, et au mieux, ce serait pour tromper le monde, pour dire que tout va bien quand tout va mal. Pas d'interprétation plus sophistiquée, non, vraiment.

Je reviens, face à mon mur, je ne lui donne pas l'occasion d'effectuer son demi-tour le doigt pointé, bien qu'en cette journée « portes ouvertes » il soit capable de me laisser faire. Cool.

Tout tangue et se fracasse autour de moi et mon psy se promène au rayon lingerie.

Après tout, les psys sont aussi des hommes, intéressés comme les autres par ce qui ne se voit pas, une déformation professionnelle ; le pouvoir de me balancer n'importe quoi en plus, quel autre homme oserait me demander : « Qui vous aimait malheureuse ? »

Il veut m'entendre avouer que je veux le séduire, que je ne pense qu'à ça, il veut m'acculer dans mes contradictions, me prouver que

Deux fois par semaine

le transfert, ce n'est pas avec Freud, mais bien avec lui, que Freud a bon dos. Il ne s'en remet pas de ce coup-là. Il veut entendre de ma bouche que je ne m'apprête que pour lui plaire. A la rigueur, pour donner une signification psychanalytique à mon comportement, il pourrait dire qu'il s'agit, « inconsciemment », bien sûr, « d'un troc magique, que je me pare pour le séduire et que, dans mon imagination, s'il est séduit, il me guérira ». Voilà ce qu'il pense, mon psy. Je progresse ?

Je me lance, les yeux fermés, les joues empourprées :

– Vous pensez que j'ai mis des bas rouges pour vous séduire ? C'est ça ?

Silence, mais un silence intéressé.

Quelques secondes ainsi. Puis sa voix retentit, calme, posée, sans fausse note, une grande interprétation de son répertoire musical :

Il commence par dire :
– Non.

La manière de le dire n'est pas discutable, il répète la négation, une manière de me persuader si je doutais encore :

Deux fois par semaine

— Non, je pense que vous vous parez pour ne pas être vous-même.

Je frissonne. Tout d'abord parce que j'ai honte de l'avoir soupçonné d'aussi viles pensées.

Il en sait sur mon compte plus que moi.

A force de toujours vouloir deviner ce que pense l'autre et y adhérer comme un caméléon, je me suis trompée.

Entendre une phrase qui tombe juste, c'est voir son âme dans un miroir.

Une critique sur mesure, c'est un cadeau de psy. Peu de personnes en sont capables.

Il me comprend. Ses mots éclairent mon esprit et le soulagent. Des scènes que je refuse me reviennent en mémoire, je me revois face au cancérologue, je me désagrège, je me perds, je suis prête à tout pour le convaincre. Comme s'il pouvait.

Si seulement il pouvait...

Moi :

— Je marche à côté de mes pas, je parle à côté de mes mots. Je ne peux pas retourner sur les blessures passées quand celles du présent sont ouvertes. Ce matin, alors que nous

Deux fois par semaine

prenions notre petit déjeuner à la cuisine, il m'a avoué qu'il n'arrivait plus à monter l'escalier de son bureau. Quelque chose dans ses yeux était tendre et épuisé. Il a vieilli du regard.

Le psy, comme s'il comprenait :
— Votre refus de vivre est bien plus lointain que vos souffrances actuelles, vous ne punissez personne en vous accordant des moments de répit, la satisfaction d'avoir réussi vos examens, par exemple. Pourquoi ? Essayez de voir...

Voir ? Je ne vois rien à part une gigantesque flaque noire, un océan de tristesse.

Non, je ne veux pas essayer. D'ailleurs, je ne peux pas. Et pour bien le lui montrer, je remue la tête en signe de négation.

Le psy :
— Essayez...

Moi :
— Je ne vois rien.

Le psy :
— Ressentir la simple satisfaction d'avoir réussi un examen ne tue personne... Vous en empêcher est une façon de refuser de devenir adulte.

Deux fois par semaine

Je me tais.
Cela semble logique. Mais je n'ai aucune envie de grandir. Ni d'être un enfant. Je ne suis pas dans ce temps-là. Trop vieille pour l'insouciance, trop jeune pour accepter l'absurdité du verdict.

Je redoute tout ce qui peut m'éloigner de lui, je veux rester ficelée à mon chagrin, absente à tout ce qui n'est pas lui : c'est dans la souffrance que je suis le plus avec lui.

Moi, d'un ton léger :
– Vous accélérez la cadence parce que c'est la dernière séance ? Vous me donnez mes devoirs de vacances ?
Le psy :
Pas de réponse.

Puis quelques « hum » pour ponctuer le temps, pour me rappeler qu'il faut me dépêcher si j'ai quelque chose à lui dire. Mais les « hum » demeurent inefficaces.

Deux fois par semaine

La dizaine de minutes restantes s'écoule ainsi, en silence.

Moi, les bras croisés comme une momie, lui, sûrement déçu que je ne réagisse pas plus, mais depuis longtemps beaucoup d'issues me sont interdites.

Il se lève, reste quelques secondes derrière son bureau ; je règle ma séance et celle de la dernière fois, apparemment, il avait oublié.

Il oublie toujours en ce moment.

Lui :

— Je reviens le vingt-neuf août, je vous l'ai déjà dit...

Moi :

— Oui.

Silence, comme s'il savait que j'ai quelque chose à lui dire.

Moi :

— J'ai besoin de prendre des médicaments.

Lui :

— Ah, bon ?

Moi :

— Oui.

Lui :

Deux fois par semaine

— Alors des anxiolytiques, pas d'antidépresseurs. Mais je ne peux pas vous en prescrire, vous me voyez en tant qu'analyste, pas en tant que psychiatre. Vous verrez un de mes confrères à ce sujet. Je l'appellerai auparavant.

Et il griffonne un nom et une adresse sur une ordonnance qu'il me tend.

Merci.

Il attend un peu, ne dit rien d'autre, le moment des adieux est donc arrivé. Il se tourne vers sa porte capitonnée quand je lui dis, dans un souffle :

— J'ai appris à faire les piqûres de morphine, je sais même dans quelle pharmacie la trouver, tard la nuit.

Il m'examine en silence et, après une légère hésitation, revient sur ses pas, s'installe derrière son bureau, tire une autre ordonnance du cartonnier en face de lui, écrit un numéro qui commence par 04 et me dit :

— Voilà, vous pouvez me trouver là tout l'été, appelez-moi si vous avez besoin.

Deux fois par semaine

Puis :
— Appelez mon confrère pour les anxiolytiques.
Sa gentillesse soudaine n'est pas bon signe.

Samedi

Retour, après trois semaines d'interruption.
Dans la salle d'attente toujours le fauteuil en faux Louis XVI recouvert d'un velours côtelé comme on en faisait dans les années soixante. Toujours les mêmes revues, les mêmes rideaux en satin vert passés par le soleil, les vacances n'ont pas servi à les rafraîchir, non, apparemment pas. Toujours les murs recouverts du même tissu assorti aux rideaux ; rien, pas même un dessin, ni une aquarelle, pour distraire le regard, rien, mis à part les traces de rouille laissées par un clou.
Je prends ma place près de la fenêtre, je connais par cœur la vue de cet endroit, ce doit être, à quelque chose près la même vue qu'H.T.R. de son fauteuil tournant : un bout

Deux fois par semaine

de quai, la Seine qui scintille, un bateau qui passe parfois, des touristes.

Je suis intimidée à l'idée de le revoir après trois semaines. Pourtant, on se connaît maintenant. Peut-être le suis-je, parce que l'on se connaît, justement.

Comme lorsque l'on croise un ancien amant. Intimidée par l'intimité passée, par l'intimité cassée.

Par le souvenir soudain, aveuglant et décalé, de tout ce que l'on a pu se dire, de ce que l'on a pu vivre, de ce qui a été et qui n'est plus et qui ressurgit dans la rue, n'importe où, en face de n'importe qui, toutes ces pensées déplacées et incontrôlées.

Les petites phrases dont il a ponctué nos séances sont parties en vacances avec moi ; comme une bonne élève, j'ai apporté mes devoirs.

Mais savoir ce qui cloche ne change pas grand-chose. Peut-être parce que trop de choses clochent et que nous n'en sommes qu'au début d'une longue énumération.

Il paraît que c'est un travail qui porte ses fruits à long terme et je ne suis pas concernée

Deux fois par semaine

par le long terme. Je me souviens de l'étrange formule pour m'annoncer le verdict : « Il en a pour... », comme si la vie était une peine de prison, une science exacte, une soustraction. Soixante-seize années de vie en moyenne moins la maladie, reste à peine un an ou deux, selon le docteur tout-puissant. Et s'il se trompait ? S'il avait mal lu, mal interprété, mal palpé la nuque, l'aine, les aisselles, là où se logent les ganglions ? Je suis arrimée à un hôpital, à un taux de globules, à un cocktail de chimio, à un regard qui parfois ne me voit plus. A des soupirs entre lesquels je peux distinguer : « Je suis désolé... » Comme si c'était de sa faute, comme si, en plus, il fallait qu'il se préoccupe de moi. Il m'avait juré de ne jamais me quitter, il avait fait graver au creux de nos alliances « pour toujours ». La vie en a décidé autrement. Pas lui, la vie.

Ma cage thoracique se ferme, plus rien ne passe ; pas même les raisonnements de H.T.R., ses analyses ne m'atteignent plus, plus rien ne filtre, je suis enfermée à l'intérieur de moi.

Deux fois par semaine

H.T.R. va me remettre en confiance, essayer de me délivrer, de m'apprivoiser, il va commencer par quelques « hum » sympathiques, rassurants même, comme une petite chansonnette, un air familier.

Il ne va pas me questionner, me brutaliser, non pas d'incursion. Il me laisse faire.

A moins qu'il ne ressorte sa râpe à fromage et qu'il se lime les ongles tranquillement, qu'il fignole en polissant le dessus, pendant que moi, d'un ton monocorde, je résumerai mes trois semaines loin de lui.

Quoi dire ?

Que le soleil a brillé et que je n'ai pas bronzé ? Je ne savais pas que c'était possible de rester au soleil sans que les rayons ne me brunissent, ni ne me réchauffent.

Je dirai que j'ai lu mais que le sens des mots ne me nourrissait pas. Les aliments non plus.

Que j'ai marché le long du chemin des douaniers sans m'enivrer de l'odeur du maquis, sans me rafraîchir dans l'eau verte des criques. Seule la peur des couleuvres hantait mes promenades.

Deux fois par semaine

J'aurais aimé dormir, mais je n'y parvenais pas, pas même avec les pilules de son confrère.

Je pourrais aussi lui raconter combien je suis devenue experte en piqûres de morphine. Malheureusement, l'été m'a apporté beaucoup d'occasions de m'entraîner. Toujours la même appréhension avant de planter l'aiguille, et je ne peux pas dire que je le fasse de gaieté de cœur, mais je le fais : je divise la fesse en quatre carrés et je plante, sans fermer les yeux, en haut, à droite, d'un geste ferme et sec.

Après je m'allonge, mais je ne m'évanouis plus.

Un bateau-mouche passe, je me souviens que c'est la première chose que j'ai remarquée en venant dans ce cabinet : la Seine juste en bas, l'eau qu'éveille le passage des bateaux.

Je ne sais pas combien de temps je viendrai encore ici, j'ai l'impression d'être arrivée au bout de quelque chose, mais je ne sais pas si c'est moi ou la vie qui est parvenue à son terme.

A moins que je le sache.

Deux fois par semaine

Il s'attend à ce que je lui raconte mes vacances, c'est ainsi que tous les analysés reprennent leur séance. Un bref compte rendu géographique et on s'arrête là où ça coince ?

Cela aurait pu être bien. Ça, je le sais. Tous les ingrédients étaient présents pour que cela le soit, il y avait une maison près de l'eau, un bateau attaché devant la maison. Une pelouse, des chaises longues sous les arbres. Il y avait tout ça. Mais il n'y avait pas moi. Je me souviens d'avoir pensé qu'un jour peut-être je m'habiterais à nouveau, et que je verrais les arbres, les plages, les bateaux.

Que ce soit sous le soleil corse ou sous celui de Provence, j'étais là sans y être.

J'étais dans la tristesse.

La tristesse est un pays, tout le monde ne le sait pas.

Quand on est dans la tristesse, on ne peut pas être à la plage ou sur une terrasse au soleil déclinant. La tristesse est un lieu où se baladent les âmes, les images restent dans les paysages.

Quelle heure est-il ?

Seize heures trente, nous avions rendez-vous

Deux fois par semaine

à quinze ; c'est étrange d'être dans cette salle d'attente un samedi.

Pas d'odeur d'encens, pas eu le temps.

Une agitation inhabituelle, la porte d'entrée s'ouvre et se ferme de façon anarchique ; aux oubliettes, le rythme et les trois quarts d'heure : bonjour madame, bonjour monsieur, allongez-vous. Quarante-cinq minutes de silence entrecoupé d'une manucure, de quelques notes, quelques observations, peut-être même la mise à jour d'un agenda qui ne concerne que lui, de quelques « hum » bien dosés, d'une petite réflexion par-ci par-là, juste de quoi justifier le prix, puis une main qui se tend, un billet dans la poche et la séance est terminée.

Ouverture des portes.

Le rendez-vous était fixé depuis deux semaines ; je l'ai appelé, après de longues hésitations, un soir où je respirais mal.

Une femme a répondu, une voix vive, des mots précis qui me firent regretter d'avoir téléphoné.

Je savais que je ne recommencerais plus. Pas

Deux fois par semaine

facile d'affronter la femme de son psy en vacances, même si j'avais déjà dû la croiser en bas de l'immeuble. L'image très nette d'une femme avec des cheveux courts, gris, sans maquillage, talons plats et bijoux ethniques passant le porche de l'immeuble me revint en mémoire. La voix était autoritaire : « Henri, Henri, dit-elle, c'est pour toi. » J'avais oublié qu'il se prénommait Henri.

C'était étrange cette incursion dans leur intimité.

Lui :
— Où êtes-vous ?
Moi :
— Quelque part près de Calvi.

Nous ne devions pas partir, puis le médecin nous a laissés filer, comme des condamnés, pas comme des vacanciers.

Quand je me suis inquiétée du nombre de cigarettes qu'il fumait, le médecin m'a répondu : « Laissez-le fumer », sans se préoccuper de l'interprétation que je ferais de ces paroles. Ce « Laissez-le fumer » a hanté mon

Deux fois par semaine

été. Il a écouté, et le silence au téléphone était encore plus lourd que dans le cabinet.

Moi :

– Le médecin ne m'a rien dit d'autre. Mais, vous savez, j'ai appris à ne plus poser de question quand je redoute une réponse.

Il m'a semblé que ces mots le faisaient sourire.

Il m'a donné rendez-vous le vingt-neuf à seize heures trente, alors qu'il ne reprend les consultations que le cinq. Peut-être a-t-il ajouté : « Rappelez, si ça ne va pas. » Mais il ne m'a ni plainte, ni réconfortée.

Rappeler ne servait à rien, il ne consultait pas par téléphone. Il voulait vérifier que je n'allais pas me jeter dans la mer, que mon mari était encore en vie, que sais-je ? Et intervenir en cas de désespoir trop grand.

Evidemment, j'ai pensé qu'il ne devait pas donner les coordonnées de sa maison de vacances à tous ses patients, juste pour les cas les plus graves, à moins que ce ne soit pour ceux qui, malgré toutes les distances inventées par la psychanalyse – le dos tourné, la pénombre, l'argent –, triomphent de ces bar-

Deux fois par semaine

rières et laissent passer un petit sentiment qui pourrait ressembler à de l'affection.

Peut-être.

Il me demanda des nouvelles, le désignant par son prénom, comme s'il le connaissait.

J'approchais les limites de sa compétence.

J'étais encore plus seule.

Je ne lui avais pas raconté que nous étions partis avec des sacs pleins de médicaments.

Je ne savais pas que c'était possible, je ne savais pas que l'on pouvait ingurgiter tant de médicaments en un seul mois, je ne savais pas que les antibiotiques pouvaient se substituer à la chimiothérapie, je ne savais pas que l'on pouvait dépenser autant d'argent dans une pharmacie. Il avait fallu les commander, le stock sur place n'était pas suffisant. Les pharmaciens aussi ont été surpris. Son père est venu nous aider à payer tant la note était astronomique.

Il m'a demandé si j'avais besoin de quelque chose et j'ai pris une boîte de cachous. Tandis que le pharmacien nous tendait quatre ballu-

Deux fois par semaine

chons remplis d'antibiotiques d'une main et les cachous de l'autre, nous nous sommes mis à rire comme les deux gamins que nous étions.

Le psy pousse la porte et entre de plein fouet dans mes souvenirs.

Lundi

Je me suis assise sur le lit, les bras ballants, la tête baissée, je ne me suis pas allongée.

Je suis restée assise un instant sans le regarder.

J'attendais qu'il me renvoie à ma paillasse, mais il ne s'est pas insurgé, il a laissé faire.

Il s'est installé dans son fauteuil, comme si de rien n'était. Il a continué à vaquer à ses occupations, polissage des ongles, alignement des crayons, ouverture d'un cahier, un regard, mais dérobé.

Il ne m'a pas demandé : « Alors, comment se sont passées vos vacances ? Pourquoi vous n'êtes pas venue lundi et jeudi derniers ? » Ou tout simplement : « Comment ça va ? »

Rien.

Fidèle à sa méthode, il reste dans son rôle.

Deux fois par semaine

Il m'abandonne dans un océan de silence. Pas un seul petit fléchissement.

Je me retourne, cette fois il a fini son ménage, il me regarde, le buste en arrière, plus près de la fenêtre que du lit, comme s'il avait besoin de recul pour comprendre la situation. Je lui adresse un pauvre sourire.

Il me dévisage, j'ai maigri, toutes les personnes que je croise me le disent.

Je rentre la tête dans le cou, hausse les épaules avec ce qui me reste de latitude.

– Je suis désolée, mais aujourd'hui je ne peux pas vous tourner le dos ni regarder le mur.

Il acquiesce, cela ne semble pas lui poser de problème. Il penche la tête et je crois y lire un encouragement à demeurer ainsi.

Je trouve ces rites dérisoires. S'attaquer à mon chagrin avec des mots, c'est vouloir vider une piscine à la petite cuillère.

Puis j'ai posé ma tête sur mes genoux, les bras serrés autour de mes jambes, et je suis restée immobile jusqu'à la fin de la séance, respirant à peine.

Vendredi

J'ai sonné, il devait être huit heures du matin, une odeur de tartines grillées flottait dans l'appartement. Il m'a ouvert lui-même, étonné de me trouver là, une chemise de nuit rose dépassant de dessous mon manteau.

Il a dit : « Que se passe-t-il ? » Et comme je n'ai rien répondu, il m'a conduite jusqu'à son cabinet.

Le premier patient n'était pas encore arrivé. Son bureau était allumé, il faisait encore presque nuit. Une tasse de café fumait entre des feuilles éparpillées.

Il était debout en face de moi, tendu lui aussi. Il me regardait le visage crispé, comme s'il redoutait ce qu'il allait entendre.

Je frissonne, j'ai froid. Les larmes coulent sur mes joues. Entre deux sanglots, je lui dis :

Deux fois par semaine

— Il est mort, tôt ce matin.

Il a fermé les yeux, s'est approché de moi et m'a serrée dans ses bras en murmurant quelques mots : « mon petit », je crois.

Il n'était pas très grand, je devais plier les genoux pour que mon visage touche son épaule.

Nous sommes restés ainsi, enlacés, quelque temps.

Et, quand j'ai relevé la tête, j'ai vu qu'il pleurait.

DU MÊME AUTEUR

Aux Éditions Albin Michel

LE COLLECTIONNEUR, 1993.
L'ÂME SŒUR, 1998.
L'ATTENTE, 1999.
J'ÉTAIS L'ORIGINE DU MONDE, 2000.
FRINGUES, 2002.
LE SILENCE DES HOMMES, 2003.
LA MÉLANCOLIE DU DIMANCHE, 2004.

Chez d'autres éditeurs

LES PETITES FILLES NE MEURENT JAMAIS (sous le nom de Christine Rheims), éd. Jean-Claude Lattès, 1986.
LE FIL DE SOI, éd. Olivier Orban, 1988.
UNE ANNÉE AMOUREUSE DE VIRGINIA WOOLF (sous le nom de Christine Duhon), éd. Olivier Orban, 1990.
LA FEMME ADULTÈRE, éd. Flammarion, 1991.
UNE FOLIE AMOUREUSE (en collaboration avec Olivier Orban), éd. Grasset, 1997.
UNGARO, éd. Assouline, 1999.

Composition IGS
Impression Bussière en août 2005
Éditions Albin Michel
22, rue Huyghens, 75014 Paris
www.albin-michel.fr

ISBN : 2-226-16809-5
N° d'édition : 23663. – N° d'impression : 052739/4
Dépôt légal : septembre 2005
Imprimé en France.